世界科普巨匠经典译丛·第四辑

花的智慧

（比）梅特林克 著

赵冬梅 编译

上海科学普及出版社

图书在版编目(CIP)数据

花的智慧/(比)梅特林克 著;赵冬梅编译.—上海:上海科学普及出版社,2014.4(2021.11 重印)

(世界科普巨匠经典译丛·第四辑)

ISBN 978-7-5427-5975-7

Ⅰ.①花… Ⅱ.①梅…②赵… Ⅲ.①散文集—比利时—现代 Ⅳ.① I564.65

中国版本图书馆 CIP 数据核字(2013)第 289492 号

责任编辑:李 蕾
统　　筹:刘湘雯

世界科普巨匠经典译丛·第四辑

花的智慧

(比)梅特林克 著　赵冬梅 编译

上海科学普及出版社出版发行

(上海中山北路 832 号 邮编 200070)

http://www.pspsh.com

各地新华书店经销　三河市金泰源印务有限公司印刷

开本 787×1092 1/12　印张 17.5　字数 208 000

2014 年 4 月第 1 版　2021 年 11 月第 3 次印刷

ISBN 978-7-5427-5975-7　定价:39.80 元

本书如有缺页、错装或坏损等严重质量问题

请向出版社联系调换

目录
Contents

001 / 花的智慧

067 / 双重花园

068 / 人类的朋友——狗

081 / 运气的神殿

089 / 宝剑颂歌

096 / 死亡与皇冠

102 / 论民主选举

108 / 现代戏剧

117 / 预卜未来

130 / 驾　车

138 / 春之讯息

144 / 蜜蜂的愤怒

150 / 野　花

155 / 菊　花

161 / 往日繁华

171 / 真　诚

177 / 女性的肖像

185 / 橄榄叶

○花的智慧

Flower of wisdom

第一章

　　这里只是一本观察的笔记，记述的都是大自然每天发生的事情。在这平淡无奇的记述中，也许你会发现大自然中最为坚韧执著的意志来自那一株小小的植物。这里没有标新立异的观点，没有繁多的赘述，没有一一列举植物给我们带来的种种智慧，比如花朵当中向阳的本质与理解力的精髓。

　　植物和动物一样都是有生命的，同样若要在不同恶劣的环境下生存下去，都需要非凡的智慧。对于大地土壤的依附，是植物一生不能摆脱的宿命，而为了扩大繁衍的使命，它们要付出更多，做出更大的牺牲，克服一切困难，不断地超越周遭的一切。也许你不相信，在延续生命的旅途中，它们一些小小的"伎俩"有时远远领先和超越人类的发明与技能，它们会借助化合反应，并运用了机械原理、发射学、航空等等。

第二章

　　花朵强大的受精系统可能是众所周知的：雄雌蕊两者之间互相作用，产生花香，令人眼花缭乱而又和谐的色彩，具有无与伦比的蛊惑力，这都是为了吸引花朵王国里的爱情使者们——蜜蜂，大黄蜂，苍蝇，蝴蝶或是飞蛾，它们的角色如此浪漫。昆虫们就像丘比特一样，给花朵传达远方情人的绵绵情思，即使是永远不能远走他乡，热情相拥，它们也会留下那爱情的"纪念"。

　　植物的世界并不像你想象中的那样平静和安逸，和每段生命一样，它们并不会循规蹈矩，悄无声息。植物在它们自己的世界里，与宿命进行着异常激烈而顽强的抗争，使得它们短暂的生命异常精彩。

　　根，作为植物最重要的支撑器官和营养器官，紧紧抓住土壤。每一棵植物的生命都创造着奇迹，它们终身都扎根在一片土壤里，不得挪动，它们从来不能像人类一样宣称在努力地反抗宿命，挑战这苛刻的条件。但是它们做得更加卓越，不能超越，力量由根部从黑暗的土壤里生成，传递到各个部位，花朵绽放的时刻，就是见证奇迹的时刻。

　　事实上，植物最后达到了它们的目标，逃离了命运，告别了土壤，摆脱了沉重严苛的自然规律，释放自我，利用发明的翼瓣，突破原有的狭隘空间，预约宿命的安排，走进了另一个领域，那是个灵活而富有活力的世界。试想一下，如果人类可以生活在一个突破命运安排的时空里，不受任何物质定律的束缚和左右，该是多么不可思议和美好的事情啊！看看花园里的花朵吧，它们拥有坚忍不拔，勇敢无畏，富有创造力的令人叹为观止的巨大力量。人类若拥有一半如同花朵的力量和质量，来克服痛苦、衰老、死亡等种种遏制我们的必然祸患，我们的今天和生命都会变得不同。

第三章

非常明显的，植物中花朵和果实两者之间都是需要运动的，而且对空间有迫切的需求。果实的经验并不复杂且显而易见，很容易解释和理解。与动物不同，果实的种子最重要和最致命的敌人就是母体植株，因为果实的种子是不会自己移动的。这是个痛苦和残酷的事实，就好像父母不能移动，同样也知道会导致自己的子女也不能移动，最后被饿死或者窒息而死。种子的命运是坎坷的，若是落在树或者其他植物根部的种子，缺乏毅力就会注定湮灭；如果付出巨大努力，挣脱枷锁，争取空间，则会在灾难中萌芽。由此，你会惊叹地发现，无论是在森林，平原，随处可见植物奇特的传播方式，推进和飞行系统。让我们来看看几个最为奇特的例子吧：槭树的空中螺旋桨和翼果，椴树的苞片，大鲫蓟、蒲公英和波罗门参的飞行器，大戟的爆炸弹簧，喷瓜的特殊喷射器，棉状毛叶植物的吊钩，以及其他成千上万出人意料令人称奇的生物机制。事实证明，作为单颗种子为挣脱母体植株的阴影，都发现和创造了自己独有的并且健全的装备。

即使你没有在植物学领域做实际的工作,但是有一些例子还是能让你相信那些赏心悦目的绿色植物各个都会展示它们卓越的想象力和天赋。海绿那迷人的"种子锅",凤仙花的五片瓣膜,天竺葵爆炸的五颗蒴果。如果有机会,你可以去找中医看看他那里普通罂粟的蒴果,不要小瞧它们,那里面蕴藏着高度谨慎的态度和先见之明。蒴果把它体内孕育的千万个微笑的小黑种子,散播到四面八方,越远越好,越快越好。如果在这过程中,孕育种子的蒴果开裂了,种子散落下来,那么这些微笑的黑色小种子,就难逃在它们母株茎底部成为无用物的厄运了。蒴果一旦成熟就会低垂在植物茎上,种子就可以通过蒴果顶部的缝隙冒出头来,风吹过,犹如一个散播者,把种子吹向空中,落到本该属于它宿命的土壤中。

槲寄生、杜松、花椒的种子会潜伏在甜美的果皮中,只是为了吸引飞鸟的垂青,这就是接下来要谈的有待飞鸟传播。由此可以看出,植物本身有强大的推理能力,同样表明了它们对终极目标的理解能力也是极为卓绝的。当然我们也不敢再将这个终极目标加以强调,不要再成为第二个贝尔纳登·圣皮埃尔,我们同样也给不出其他的合理解释。如同花蜜对花朵一样除了可以吸引蜜蜂再无其他用途,甜美的果皮对于种子也是毫无用处的。这道理是很简单的,鸟儿被甜美的果皮所诱惑,将其吞入肚中,就等于是把种子也吞入肚中,但是种子是不能被消化的,鸟儿飞走后,排泄出只是撕破了些种皮后完好无缺的种子,这样种子就远离了母体植株的威胁,准备发芽生长,有了自己的生命。

第四章

通过观察，植物本身会使用很多比较简单的技巧。走在路上，随手摘一片叶草，你会发现它有着非比寻常的智慧——独立，坚韧，不知疲倦。闲暇之余，散步的时候，你若留意，便可在阴暗的角落寻见野生苜蓿（苜蓿属草本植物），略有贬义的叫法是"病野草"。野生苜蓿是蔓生植物，分两种：一种生有微红色花朵，一种生有豌豆大小的黄色球花朵。当你看到它们匍匐在让人引以为傲的草坪上时，你绝对想不到，这种植物比杰出的几何及物理学家锡蜡丘斯更早地发现了阿基米德螺旋。与此同时，这些植物并没有把阿基米德螺旋应用在扬水过程中，而是用在了飞翔的技巧上，这更是人类无法想象的。更加令人钦佩的是，为了延迟种子落在地上的时间，它们在自己的种子上嵌入具有三四道回旋的轻微螺线，这样借助风力，种子可以在空中飞得更久更远。为了扩张繁衍，这种植物进一步进行了自我装备"改良"，黄色苜蓿在红色苜蓿的基础上，在螺线边沿装上两排穗状物，以便在飞行中挂在路人的衣服上，或是动物的皮毛上。显而易见，它们充分发挥了绵状毛叶植物的优势，以风为媒介，借助风力，通过绵羊、山羊和兔子等动物来传播种子。

生命的延续总是令人感动的，因为也许一切的努力都会是徒劳无功。螺旋只有在特定的高度上下落，才能发挥作用，例如从一棵高大的树木或是禾本科植物的顶端下落。黄色和红色苜蓿也会有失算的时候，它们本身和草的高度相近，螺旋在完成四分之一圈之前就碰到了地面，根本就起不到任何作用。自然界也会存在错误实验和细小误差，这只是被发现的其中一个，但是那些做过深入研究的人，断言"大自然是永远不会犯错的"。

其他的几种苜蓿（这里说的不是红花和白花的苜蓿，也不是一种花冠蝶形豆科苜蓿——这种植物几乎和我们刚刚说过的植物是一样的）没有采取飞行方式，而是用了最原始的荚果传播方式。其中一种叫"香橙亚科苜蓿"，清晰地为我们展现了这类植物从"螺旋形荚果"到"螺状物或螺旋体"的过渡转化全过程。另外有一种植物的螺旋是以球状的形式进行缠绕的，被称为"黄芩类苜蓿"或"蜗牛苜蓿"。在对命运抗争的过程中，一个令人兴奋的场面愈演愈烈，作为一个前途未卜的植物种类，黄色苜蓿找到了确保未来的最佳传播种子方式：它将蒙蔽自己多时的螺旋结构，换成了穗状物和吊钩状物，这是个伟大的发明。黄色苜蓿认为绵羊被自己的叶子所吸引，就该照顾它的后代，把种子散播到各地，生根发芽，绵延生命，这实属合情合理。最终，黄色苜蓿通过自己的努力创新和实践，让自己的种子传播得更广，远远赶超了它茁壮的表亲红色苜蓿。这难道不是又一次证明了植物的智慧吗？

第五章

我们无法想象，枝条为了阳光可以作出的巨大抗争，还有那些在险境中表现出非凡智慧和勇气的树木，往往会令我们感到惭愧。如果我们俯下身体去观察片刻，会发现不仅是种子或者花朵，整棵的树木，包括根、茎、叶，都在低调而不事声张地劳动着，可以看到它们精明迅捷的痕迹。对于我，终生都不能忘怀的是在普罗旺斯的那一天。站在勒鲁峡谷上，荒凉而唯美，四处充满紫罗兰香气，我为一棵高大的百岁月桂树的英雄主义精神而折服。透过它那曲折缠绕的树干，我似乎看到了它艰难顽强戏剧性的一生。每段生命都有它的主宰者，对于种子，飞鸟和风充当了这重要的角色，它们把种子带到铁幕一般陡峭的岩石侧面，月桂树就这样坚强地生长，俯瞰脚下那湍急的河水，对于这炎热贫瘠的岩石没有丝毫畏惧，孑然守望。

生命的开始就是让根在岌岌可危的水和土壤中，漫长而痛苦地探索，这不只是月桂树的命运，对于南方干旱植物来说，这都是必然的考验。当然还有更加棘手和意外的困难在等待着幼小的树苗。树苗由于生长在陡峭的岩石面上，顶端无法向天空生长，慢慢开始腰变弯了，树枝越发的沉重，只好改变生长的方向。它在靠近岩石的地方将树干肘部弯曲，支撑起越来越沉重的树冠，像极了仰着头游泳的人，通过坚韧的意志、张力和收缩力，使身体挺立。

　　植物都有自己的心思意志，能量才干，放荡不羁的天赋个性，而往往都依附在或许丑陋，却重要的结疤之上。畸形肥大的树干肘部持续着不安，可是树木却知道，它如何在风雨来临之前表现其不凡。年复一年的等待并没有让树干轻松，越来越重的树顶只是将光与热传播到植物的其他部位，同时却忽略了伸展在空中的手臂在承受隐藏的溃疡侵蚀。之后，两条粗壮的树根本能地为纠结的树干解了围，它们遵循着不为人知的法则，像两条纤维电缆，从植物肘关节以上两英尺多高的树干上伸出，最后停留在花岗岩的绝壁上。这也许就是命运的安排，在植物受到威胁，最为危难的一刻，这两条树根，像是卧薪尝胆多年的枭雄，伸出了这难能可贵的双手，拯救了生命。也许你会认为这是个皆大欢喜的意外，也许不尽然。人类的眼睛看不透这场寂静无声的戏剧，因为它太过于漫长，超越了人类的寿命。也许只有大自然可以用它独特的方式，解释这令人动容的一切。

第六章

多年的研究和观察发现，有些植物彰显出智慧和首创精神，有些堪称"活力旺盛"或"感情丰富"。尤为值得一提的是含羞草。含羞草的"害羞"使它远近闻名，人们总是会想起它受到惊吓后，那莫名兴奋、紧张兮兮的怯懦样子。当然还有许多草本植物具有自发运动特质，却不是那么为人所知。被称为"无风自动的植物"——岩黄芪属跳舞草就是最为显著的例子，它动起来不知疲惫，让人叹为观止。这种小豆科植物产自孟加拉，温室培育，它有三片小叶，较粗的一片位于顶端，下边两片较细，生于第一片的根部。它生来就有韵律感，处于长时间的兴奋状态，它好像天生的舞者，用繁复的舞蹈向阳光致敬，永不止息。对光的敏感让它们成为了植物界的舞蹈家，飘来的云遮住了天空那一角抑或飘去的片刻，落入它们的眼底，都会被它们用自己独特的舞蹈，或急或慢地表现出来。由于它们的"天性"，岩黄芪属跳舞草也被认为是真正的光度计，比克鲁科斯发现天然耳镜还要早很多。

第七章

我们曾经想象，动物王国和植物之间存在着一道无法跨越的神秘鸿沟，但是经过研究发现，对于茅膏菜和捕蝇草等同样具有敏感性特质的植物，并不适用。我们并不需要费力地寻找答案，只要从泥土、石头和植物混杂的低洼地入手即可。我们的研究同样证明了，这个尽头同样有智慧的显现，以及几乎同样显而易见的自然活跃性。奇妙的隐花植物家族就扎根在这里，我们通过显微镜才能发现，由于较不方便，也就不再去打扰这个奇妙家族的生活了。地面上，没有比蘑菇、蕨类以及楔叶类植物的孢子活动更为精美巧妙的了。但是，在水生植物中，我们从一些土生土长在淤泥中的原始植物里，看到了并不是那么隐秘的奇异景象。由于花朵不能在水下完成受精，它们不得不利用各自构造不同的系统，来完成在干燥环境下花粉的传播。例如，我们常用来填充床铺的大叶藻——海草，它拥有自己的"潜水钟"，它把花朵小心翼翼地封闭在内；睡莲拥有可无限伸展的茎，茎的顶端支撑和提供养料，同样高度可以随水面变化，使它的花朵可以在水面绽放。而假睡莲没有这么幸运，它没有万能的茎，只能任凭花朵生长，花朵像水泡一样挤到水面上。水栗子有一个可以供给养料的膨胀气囊，花朵完成受精后，气囊中的空气被一种比水沉重的黏液所取代，致使整个植物组织再次沉到泥浆中，果实就在泥浆中成熟。

亨利·博克基伦先生的《植物的生活》一书中为我们描述了更为复杂的狸藻系统，下面就是相关描述：

"这些植物生长在池塘、沟渠、水池和泥潭沼泽里，在冬天，它们藏在泥里，所以人们不会看到它们。它们犹如有分支的细丝的叶子，由它们细长蔓生的茎部所生长出来缩变而成。在叶子发生转化后的叶腋，我们看到一种小梨形袋，尖尖上端有个带阀门的小孔，你会发现它只能从外往里打开，边缘还带有分支毛；袋内覆盖着其他细小的分泌毛发，外观像极了天鹅绒。开花时节来到，叶腋包囊充满空气：空气压力越大，阀门越紧闭。它有巨大的特定浮力，最终会使植物浮在水面上。这时你会发现水面上绽放开来的都是迷人的黄色小花，像是刚刚出生的婴儿的嘴唇，多少有些肿胀，却小巧可爱，在花萼上呈现出橙色或褐色的线条，好像描出的细腻的唇线一般。六月、七月、八月的天气，使泥泞的水面四周的蔬菜腐烂，可是新鲜的色彩使得它们格外的优雅。这是个成功有效的花朵受精过程，果实开始成长发育，因而这一切的作用便有所不同了：包囊的阀门受到周围水施加的压力，迫使向内打开，水自然进入，植物重量自然增加，之后再次被迫潜伏回泥浆中。"

在对植物的观察和研究中，我们总是会欣喜地发现类似这种小小装置的东西，从中看到一些最先进、富有成果的人类发明的影子。植物给我们上了活生生的一节物理学课，其中包括：阀门和塞子的作用力，液体与空气的压力，以及人们所研究的阿基米德原理。正如我们刚刚提到的作家所言："第一个把漂阀装置安在沉船上的工程师，一定想不到类似的发明已经在数千年前就存在于植物的世界里了。"曾经我们自以为是地认为这是个毫无意识、缺乏智慧的世界，一切都是动动脑筋创造出来的新组合和关联。当经过多年的研究和观察后，很显然地，我们根本没有创造出什么新的事物，在地球上，我们是最后到达的客人，不断研究的或是发明创造的，在这个自然界早就存在了。我们就像是个好奇的孩童，发现得越多，越觉得只是再次踏上了往昔生命已经走过的道路。当然，这是顺其自然的，不费吹灰之力的，也许正是自然在无形中引领着我们。这一点，会被不止一次地证明和提起。

第八章

在"水生植物"之一的话题里,我们不得不提起其中最为浪漫的一员——传说中的苦草。苦草属于水鳖科植物,它浪漫的婚礼却上演了花朵爱情史上最为哀婉的一幕,这是它名字的由来。在草本植物中,苦草是很难被关注的,它没有睡莲的奇异优雅,没有葱郁的外表。大自然对待所有生命都是公平的,它赋予了苦草独有的绝妙技巧。苦草平日里总是以半睡眠的状态,平静地在水底生活,似乎在等待追求新生的时刻——它那场浪漫的婚礼的到来。雄性苦草一直在一旁等待着那一刻——临边花茎上的雌性花,慢慢舒展长长的螺旋式花茎,展露在水面上漂摇,在池塘上开花。这时,雄性花通过阳光照射的水面,伸展开它带着希望的花茎,奔向它的新娘,想把它紧紧抱入怀中。就在这个时刻,造化弄人,它们被自己不够长的花茎所阻,永远到达不了那个充满阳光之地,同时,又是只有在这个时刻它们才能真正地实现了彼此的结合。

这是多么残酷和令人煎熬的命运啊!它们的命运,就是大自然导演的一场悲剧。爱人近在咫尺却无能为力，对新生命的渴望，却一生不能相拥的宿命！它们的困局并不是来自外界，那是看不到的，也无从解决，这就好像人类在地球上的悲剧般处境一样。雄花并没有屈服，也没让理想幻灭。令人震撼的事情发生了：在两株植物之间存在着一个气泡，雄花仿佛犹豫了片刻，最终奋力一搏，挣脱了花茎，在热情的气泡中，以精彩绝伦的方式飞翔着，下落的花瓣打破了水面的平静。它们的生命结束得如此绚烂精彩。雄花漂浮到尚未留心的新娘身边献上它深深的一吻，完成了结合，就此随波逐流，不复存在，而已经成为母亲的雌花合拢了奄奄一息的花冠，卷起螺旋状花茎回到水底深处，在那个熟悉的地方，孕育它们伟大的爱的结晶。为了获得自己的幸福，甚至不惜奉献了自己的性命，这是我们在壮观的昆虫界可以看到的最美好、最神奇的景象，在这些花上，我们也看到了，并为之感动。有时想来，我们人类也同样在内心深处存着从绝望中获得释放的梦想，试问，如花一般的牺牲和不顾一切，我们能做到吗？

我们在观察这场美丽的婚礼时，虽是从背光一面观察的，但是完全正确，既然这样又何必要在迎光面去观察，那样反而破坏了这种哀婉的美。生活的道理亦是如此。有时候在阴影面的真相与在阳光面的一样有趣。在我们考虑整个物种的智慧和抱负时，这种令人欣慰的哀伤才显得更加完美。但是，我们经过观察发现，每个个体经常会有各自笨拙的举动，采取了错误的行动破坏了完美的计划。曾几何时，爱人还没出现，雄花只是自己浮在水面之上。抑或有时，水位很低，它们可以轻易地结合，然而这个时候它们未能从花茎上挣脱下来。这使我们再次确定了一个事实，天才属于整个物种，属于共同生存的自然界，而个体的智慧是微乎其微的。人类社会也存在着两种智慧——人类智慧和个人智慧，长期以来争相效仿，可喜的是，可以明显地发现两者慢慢趋于平衡，这是关乎人类未来的伟大秘密。

第九章

现在我们来到了寄生植物奇特美妙的王国。首先,我们先来介绍一下令人惊奇的兔丝子,它还有个"小名"叫金丝草。这种草没有自己的叶子,可是它有独特的技能,首先选中目标,然后放弃自己的根,它的茎可以伸展几英寸长缠绕在目标身上,最后刺入自己的吸管,从此之后它完全生活在所寄生的猎物身上。它似乎有自己独特的性格和口味,比如大麻、荜草、苜蓿或亚麻的茎,它很聪明,不容易被蒙蔽,会拒绝自己不喜欢的靠山,必要的时候为了自己的追求会不惜"跋涉"。

金丝草由于它们的习性奇特,自然会引起我们对攀爬植物的关注。曾经在乡村里生活过的植物学家,常常会赞赏这种本能的智慧。这种力量清晰可见,它把五叶地锦或旋花的卷须引向靠在墙边的耙子或者铁锹上,即传那些东西移走,第二天卷须会完全转身之后再次找到它。如果你愿意,可以找来叔本华的一本论著《自然界中的意志》,有一章提到植物生理学,其中有大量的观察与实验内容，这里我就不赘述了。其中有大量的原始资料和参考内容，在过去的六七十年里，也有了惊人的累计增长，但就研究对象本身，却没有得到彻底考察。

我们再来介绍一种具有创造发明、巧妙心思和深谋远虑特质的植物，它就是容光焕发的天仙子。它体型很小，开黄花，与蒲公英相似，可以从维埃拉各地的墙壁上找到它。它是个深谋远虑的智者，为了种族的稳定性和繁衍扩大，它一次会结出两种类型的种子：一种有"翅膀"，可以自由地随风远去；另外一种没有"翅膀"，会一直被囚禁在花序里，待花序腐烂后，种子才能获得自由。

下面我们来看看长刺的苔儿属植物，虽然它是一种长得很难看的杂草，身上都是令人毛骨悚然的硬刺，但是它可以为我们展示出一套设计巧妙和有效的植物种子传播系统。它们就像是开辟新大陆的伟大旅行家，在地图上勾勒出自己的伟大行程。起初，西欧大陆并没有这种植物，它的故乡在俄罗斯，由于它可以勾在动物的皮毛上，从俄罗斯大草原来到这里，它没有想过会适应这里，它能克服困难，要归功于它那长满钩子的蒴果。

现在我们来看看意大利捕蝇草，它开着朴实的白色小花，大量生长在橄榄树下。它们有着另外的抱负。表面上它好像很害羞，容易受到外界影响，它的茎上长有腺状毛发，当有昆虫对它进行喋喋不休的骚扰时，它可以渗出黏液捕捉寄生虫。这个方法很成功，因此南部农民甚至把它放在家里作为捕蝇器。此外，为了防止蚂蚁的骚扰，有些种类的捕蝇草已经简化了系统，它们在每个茎节的下面用黏液涂了一大圈，致使蚂蚁不能经过，这其实就足够了。园丁们也用同样的方法来阻止毛虫攀爬苹果树，就是在树干四周都涂上一圈黏黏的焦油。

就这样，我们开始了有关植物所使用的防御武器的研究。《古怪的植物》是亨利库平先生的畅销著作，其中为我们描绘了许多令人咋舌的离奇有趣的"防御武器"，如果你也想知道更多，不妨买来阅读，一定受益匪浅。我们接着上边的话题，继续说说棘刺，你也许会发现这是个特别有意思的研究。巴黎大学学者洛特里埃先生做了很多有趣的实验,并得出结论:多刺植物和其他植物有所不同,它们喜欢居住在干燥、光照强烈的环境下,这样会使它们的刺大量增长,每根竖起的刺都像一枚小钢钉;相反,潮湿的环境使它们丧失强有力的武器。它像是矗立在岩石或者沙漠里的哨兵,迫使自己尽力全副武装,时刻在防备着那些无法自由选择食物的敌人来袭。而慢慢地我们发现,人类开始成为它们超自然守护神,被人类培育的生刺的植物,会逐渐慢慢卸下防备,把自己完全交给了它们的培育者,安逸地站在篱笆围着的庭院里。

在这类植物中,某些成员还是坚持自己的信念,不会完全放下防备,它们把棘刺用坚硬的刺毛来代替,比如紫草科植物。而还有一些植物会释放毒物来保护自己,比如荨麻。另外,天竺葵、薄荷、芸香为自己做了保护罩,用强烈的气味来驱赶周遭的动物们。这里最先进的要数木贼,它可以使用机械式自我防御系统,它身披一件由微小硅石构成的铠甲,颇有大将风度。其实几乎大部分的禾本科植物,都会在自己的防御组织中添加石灰,来阻止鼻涕虫和蜗牛的大肆嚼食。

第十章

　　也许你从来没有注意过,我们的花园每天都在上演浪漫故事,举行着成千上万的婚礼。通过我们对相关植物的研究发现,与必须异花授粉的复杂形式的植物不同,非常寻常的花卉,在同一个花冠内一同出生、至死不渝的爱情传说,同样凄美而美丽,令人感动于植物界的奇思妙想。这些平凡的花朵具有很典型的机制:雄蕊或雄性器官一般数目众多而且脆弱不堪,它们围绕在强健而耐心的雌蕊周围。有时候我们不得不佩服大自然的想象力,并且被自然界这种引以为豪的创造力所折服。自然界的想法绝对不会一成不变,对于每株植物而言,它们的器官与生俱来拥有不同的性情、外观和习性。花粉常常在成熟时自然而然地从雄蕊顶部落在雌蕊上;可是有的时候,雌蕊和雄蕊高度相同,或者两者相距甚远,或者雌蕊高于雄蕊,所以它们的相遇就要通过极大的努力。荨麻的命运就是如此。它的雄蕊在花冠底部,委屈地蜷缩在花茎上,望着高高在上的雌蕊,就在授粉的那一刻,花茎伸直,犹如泉涌一般涌出,花粉囊在花柱头上方喷出一片粉尘。而伏牛花的婚礼只能在万里无云的白天举行，由于雄蕊的潮湿腺体比较沉重，只能位于花的一边，与雌蕊的距离比较远，只有太阳出来了，蒸发了潮湿的液体，雄蕊才能轻松地奔向花柱头拥抱它的新娘。当然其他花朵还有很多不同的习性：报春花有雌蕊比雄蕊或长或短交替出现的景象；百合花、郁金香等，它们的雌蕊则是瘦弱骨感的新娘，必须要竭尽所能聚拢才不会让花粉轻易散落。芸香最具有原创特色和令人称奇的系统，虽然气味难闻，却是妇女痛经的良药。黄色花冠里躺着矮矮胖胖的雌蕊，而驯良温顺的雄蕊充满期待地在四周守护。终于等到婚礼时刻，雌蕊好像在发号施令，让雄蕊依照某种规律，一根根地接触到雌蕊，首先是奇数列开始，第一根，第三根，第五根……直到整列数目完毕；之后是偶数列，依次是第二根，第四根，第六根等。这真是植物秩序井然的典范！我曾经不相信会有植物会数数，也怀疑过植物学家的论述，并且自己反复做了很多实验，测试它的数字感，最后事实胜于雄辩，它真的计数精确，很少犯错。

　　已经很多的实例让我们相信植物学家所描述的奇异景象，漫步在森林田间，任何人都可以低下头去细细观察，发现自然界的秘密。最后我想再介绍一种花朵，它并不是很特别，但是它因爱而生，优雅得体，令人愉悦。这种花就是黑种草，它拥有很多十分迷人的绰号："雾中情人"、"灌木丛中小魔女"、"蓬头淑女"。很多民间诗人对它偏爱有加，以愉悦和爱人的笔触描绘着它们心中的"情人"。无论是南方的路边和橄榄树荫下，还是北方的古老花园中，都可以寻到它的芳踪。它拥有原始绘画里面的蓝色小花，朴实无华。法国是浪漫的国度，由于它"蓬头乱发"的形态被称为"维纳斯的头发"。它的叶子虽轻巧，稀疏乱作一团，却形成了朦胧的翠绿色的一簇，围拢着花冠，像极了一位"蓬头淑女"。你看在花的底部，那五根极其细长的雌蕊，紧紧包围着天蓝色王冠中央，像是五位孤傲而难以接近的绿袍王后。而恋人般的雄蕊蜂拥在周围，可是它们毫无指望，因为连王后的膝盖都碰触不到。这就像是一场宫廷戏剧，在宝石般的王宫深处，暗藏着令人期待的希望，当然也有等待，那安静的等待可能是脆弱无力，毫无价值，却是这波澜不惊的戏剧所必须的因素。岁月是无情的，英雄老去，美人迟暮，这个时候才是真爱的体现。王后们的光鲜亮丽随岁月更迭退去，花瓣开始凋零，高傲不再，这时它们听到了神秘的爱的呼唤，对爱人的考验已经够久了，它们被这些等待已久的新郎所打动，一齐像喷泉一样喷出五股水流，画出五条和谐的抛物线，像是彩虹门一般，一同后仰，吻上新郎的唇，优雅地采集金色花粉。在爱的面前，没有贫贱尊贵，再谦卑的爱侣只要坚持，一定会得到真正属于它们的爱情。

第十一章

在植物的领域里充满着惊喜，如果你留心，会处处有收获。罗马尼斯曾经撰写著作谈及动物的智慧，我认为如果要包罗万象地叙述植物世界的奥秘，可能也要写出一本巨著。本书并不是植物领域的指南，也不是什么著作，我的初衷只是希望能够帮助大家更加了解周遭的植物世界，留意到每天发生在我们身边的趣事。一直以来，人类都是自以为是的，觉得在地球上自己是最智慧而拥有特权的种族。在这里的每个论述都不是经过选择的，而是源自对随机的环境的观察和实验而得出的结论。如果你认真阅读，你会和我一样，在这简短的记录里，发现那闪闪生辉的伟大奇异景象，就发生在普通的花朵之中。抛开那些接近动物王国的食虫植物不谈，比如茅膏菜、忘忧草等，它们是需要专门而广泛研究的，我只是专心研究真正的花朵，那些严格意义上的花朵，它们静止不动、无知觉、永远处于被动状态。

为了真正地从植物身上学习什么，取其精华，去其糟粕，首先我们要把花朵视为我们的同类，这样它所实现的一切，我们才能预见和感知得到，最后才能把事实和理论区分开来。如今，花朵就像一位内外兼修的美丽公主一般，站在舞台中央，孤独却光彩照人，它兼具理性与意志之美，无论哪种特质被剥夺，都会让我们陷入一场模糊难解的臆想中。它高贵而内敛，总是把繁殖器官庇护于炫目的帐幕下，只容许雌雄蕊在此完成神秘而美好的爱的仪式。很多花都是如此。而还有其他一部分的花朵却面对着重大且可怕的威胁，那就是在通常情况下很难完成的异花授粉问题。通过数不胜数的历时已久的试验失败，还是没有观察到自株传粉加速导致了它们物种的恶化。（自株传粉——花柱的授粉，指通过同一花冠内从花药上落下的花粉来完成。）万物的力量不容小觑，它轻而易举地、循序渐进地淘汰掉那些因自株传粉而退化的种子和植株。而那些幸免于难的幸存者，都是被认为与众不同的异类，例如雌蕊花茎出奇地长，致使雌蕊不能接触到花药，无法进行自我授粉。经历千百次的变革考验，存活下来的物种都是通过偶然性遗传下来的，而这种偶然性成果被确定，并且进一步取代了原本正常类型的物种。这就是自然界的规律：与时俱进，适者生存。

第十二章

　　慢慢你会了解这个植物界，也就可以找到很多问题的合理解释了。其实想要走进神奇的植物王国，并不一定要离家到远方，也许在你家附近的田野里，或者就在家里的庭院里，就有才华横溢的花朵。也许你可以找到三两样花朵的奇异发明。在常有蜜蜂光临的房子里，芳香的花簇中就住着一位技术娴熟的"机械师"。它就是远近闻名的鼠尾草，即使是很少接触乡村生活的人也是略知一二的。它是个实用主义者，从来不需装门面，花朵也是谦虚低调，但是绽放有力，就像是饥饿的大嘴，吸吮着经过的阳光养料。由于它的特性，它呈现出很多种不同的种类，经过观察我们发现一个奇特的现象，不是所有种类的花都采用或达到同样完美程度的授粉系统。现在，我们把注意力都放在最普通的鼠尾草上面，你看此时此刻的它，似乎是在庆祝春天的到来，用它紫色的幛帘把橄榄树下阳台的墙壁包裹了起来。正午时分，阳光热烈，你会感受到周围所散发出来的芬香气息，在它的衬托下，就连宫殿里金碧辉煌的大理石阳台也逊色了。

这美丽的紫色阳台更加的喜庆、芬芳、奢华、高贵。

让我们来具体地了解一下这位人尽皆知的"机械师"。鼠尾草的花柱或是雌性器官包裹在上唇瓣里,又形成了一个风帽,里面同时由两个雌蕊或者雄蕊。花柱为了阻止同一"婚房"内的雄蕊授粉给自己,所以长到雄蕊无可企及的高度,几乎是2倍的高度。为了更加稳妥,避免意外,雄蕊比雌蕊早成熟,当雌蕊合适受孕的时候,雄蕊早已不在了。由此推理,一定有一个第三方帮助它们繁衍,比如风媒花就是要靠风作为这种外来的力量,那么鼠尾草要靠什么力量,才能带来外来花粉给被遗弃的花柱,实现授粉结合的目的呢?它是虫媒花,喜爱昆虫的它唯独依靠昆虫来实现授粉。同样它是个生活的智者,知道在自己的世界里,没有无缘由的慈善援助,不能奢望同情,所以从不把时间浪费在讨好蜜蜂的努力上。同样的,蜜蜂也和其他的生物一样,为了自己的生存,自己族群的生存壮大,与死亡抗争,根本不会无缘故地服务于任何提供食物的花朵。那么鼠尾草是如何让蜜蜂不由自主、不知不觉地成为了它的婚姻维系者的呢?它真的是一个设计爱情陷阱的高手啊!在那美丽紫色丝线构成的帷幔后面,渗出几滴花蜜作为诱饵,而前面用两根平行的花茎挡住,有点像树立着的荷兰吊桥,每根花茎的顶端都有装满花粉的大袋子,就是它的花药;为了保持平衡,它在花茎底部安放了两个小些的袋子。这样,如果蜜蜂进入花朵以后,想要得到花蜜,就必须主动地用自己的头去推动小袋子,这时两个花茎立刻进行轴线运动,翻转向下,花药自然落到蜜蜂身体上,使其浑身覆盖着花粉粉尘。当蜜蜂离开后,两个富有弹力支撑轴的花茎会自动弹回,使自己恢复到原本的样子,等待下一次昆虫的来访,重复进行同样的工作。

不要认为就这样结束了,这只是前半场的演出,而后半场的演出就要换到另外一个场景了。

花朵的雄蕊刚刚凋零退场,等候花粉的成熟雌蕊闪亮登场。它从风帽子里缓缓钻出来，颇有名媛风范，之后伸展开身体，弯下腰，弯曲成分叉状，轮流堵住帐篷入口，等待爱的使者蜜蜂的到来。蜜蜂采蜜途中，头可以自由地从悬挂的叉状物下面通过，可是，背部和两侧不可避免地会被擦到，这正是雄蕊触碰过的地方。分裂为二的花柱终于满足地享受着这银色的花粉末，完成这个相对漫长的爱的仪式。你若想仔细查看它所有动作的精密性和协调配合性，可以借用一根麦秆或者火柴头，按照步骤轻易地触碰它的装置，你会惊叹整个过程的精妙绝伦。

鼠尾草的家族庞大，大约有五百多种，我们可以忽略大多数的学名，它们的名字也不是特别的漂亮，都是比较直接地表达，比如：草地鼠尾草、香蜂草（上面讲到的那种类）、红顶鼠尾草、野丹参、香茶菜、快乐鼠尾草、锥脚杯、天青、一串红（花篮里美丽动人的鼠尾草）等等。它们大部分都没有改动过自己的机械装置，代代相传，繁衍生息。可是总是有一些特殊分子，它们的改进是值得怀疑的。比如，有的雄蕊长度过长，几乎是正常的2倍，甚至3倍，结果雌蕊长得像野生的羽毛，探出风帽，弯曲后挡住花朵入口处。虽然它们这样避开了同花授粉的危险，可是仍存在其他危险，如果雄蕊早熟现象没有正常发生，也就是昆虫离开花朵时，可能刚好把花药的花粉放置花柱头上，也就不能完成正常授粉过程。还有一部分鼠尾草会使用杠杆原理，使花药散播到更大更远的范围，便于更精确地触及昆虫的两侧，增加带粉成功率。可是还有一些种类，我发现它们没有能成功地安排调整好自身系统的每一个部分。井边一株紫花鼠尾草附近，在夹竹桃的绿荫下，我发现有一簇白色略带紫色的花，在里面我看不到丝毫弹簧的痕迹，雄蕊和花柱杂乱地堆砌在花冠中，一切都好像是偶然造成的杂乱无章。

我认为存在这一种极大的可能性，有的人大量搜集各式各样的唇形科花卉，通过追溯该花卉的特有状态的各个阶段，来重建其整个历史全貌。从刚提起的白色鼠尾草的杂乱无章,到草地鼠尾草的最先进改造,我们可以得出结论:这种芳香植物的系统仍处于试验阶段,还没有摆脱模型和"试航"阶段,红豆草科植物的"阿基米德螺旋桨"不是也处在此阶段吗?自动杠杆的优越性还没有得到一致的认可。所以,也许一切不是一成不变,天生注定的,而世界被认为是有规律的、有组织的植物们仍然在不停地试验、进化,找到生存的更好方法。人类不是亦该如此吗?

第十三章

无论如何，鼠尾草中大多种类还是为交叉受粉这一难题提供了有效的解决方法，并且也得到了拥护。就像是在人类世界中，一旦有新发明出现，立即会有一批具有探索精神的人，即使他们也许微不足道的，但是一定是不屈不挠的，会采用这项发明，并简化和改进它。那么在机械化花朵的世界里，鼠尾草的这项专利是经过详细设计的，它在诸多细节上可以说是无从挑剔的完美。不知你是否注意过，在小树林和荒地的荫庇处，有一种很普通的玄参科植物——马先蒿，它就为我们展现了一种极其巧妙的改良设计。当然它有着和鼠尾草一样的花冠，花柱头和两个花药都一并包裹在上方的风帽里。但雌蕊那小小的湿润末端从风帽突出来时，花药仍处于禁闭状态，貌似被俘虏了一样。丝绸般的帐篷里雌雄两性器官距离很近，几乎是直接接触状态；幸亏自然界是公平的，也给了马先蒿拥有和鼠尾草相同的设置，避免了自花授粉的危险性。实际上，两只装满花粉的花药袋囊，每只袋囊只有一个开口，而又并置在一起，开口重叠，相互紧密地贴在一起。花茎弯曲富有弹性,花药被一种齿状物强行紧闭在风帽里。这时蜜蜂或者大黄蜂来造访,把齿状物推开,它们飞走时,袋囊获得释放后,花粉被抛落到外面,落到昆虫的背部。

这种花朵的天资和深谋远虑却远大于此。赫尔曼缪斯是第一个全面研究马先蒿的人,他认为马先蒿拥有植物的精妙机制,这里我们引用一段他的话,清晰地描述了整个过程:

"雄蕊若保持自身相对的位置不变去触碰昆虫,那么没有一粒花粉会脱落,因为相挨紧密的开口,彼此封闭,根本没有缝隙。然而马先蒿发现了一种简单精妙的设计可以克服这个困难。花冠的下唇瓣有点倾斜,排列也不规则,不对称,不水平,所以一边高一边低。大黄蜂必须要倾斜才能停留在上面,它的头反复撞在花冠上不同的突起部分。雄蕊就这样得到了自由,接连地获得释放,打开小孔撒下花粉,自然会散播到昆虫身上。

等待大黄蜂飞到另外一朵花上时,就会不由自主地为这朵花完成了授粉。这个过程很自然,很简单而巧妙,就是大黄蜂把头钻进花冠入口时,先碰到的是花柱,花柱碰到它,而位置就是它会被雄蕊触碰的地方,当然这也是大黄蜂刚刚离开的那朵花雄蕊触碰过的。"

第十四章

　　这种例子举不胜举，不计其数。每种花都和人类一样，都有自己的理念和自己的系统，后天学习并转化成为自己的优势。它们的小发明是如此的丰富多彩，品种多样，我们好像置身于一个机械工具的展览会，对着琳琅满目的成果，想起人类制造机械的机器，我们一直以来自以为是地认为这是上天赐给人类的天赋，现在看来却是有来源的。工业革命后，人类机械文明刚刚开始，可是花朵的机械机制却已经运作了数千年。更令人惊奇的是，花朵刚出现在地球上时，它们没有效仿的对象，全是靠自身挖掘出了这一切。我们不得不承认，当人类还在使用棍棒、弓箭和连枷的时候，当我们设想出手纺车、滑轮、辘轳的时候，当后来又发明了弹射机、时钟、织布机的时候，鼠尾草早已设计和使用了精密杠杆的立柱以及平衡锤；马先蒿则使用它的弹簧的原理，把封闭起来的花粉囊一次次地打开，并将那些倾斜的平面拼合起来。一百年前，谁又会发现螺旋桨的特性呢？可是自从有了枫树和椴树的那天起，它们就开始利用了这一特性。

如果我们想造出像蒲公英那样坚硬牢固、轻巧便携，而又安全的降落伞或飞行器，要多少时间？而我们又要何时才能找到把脆弱料子裁剪成丝绸花瓣的绝密呢？何时可以制造一个柔韧有力的弹簧，就如西班牙金雀花一样可以把金色花粉弹射到空中？而开篇提到的喷瓜，谁又能合理地解释它所具有的神奇奥秘？喷瓜，是一种地中海沿岸极其常见的普通葫芦科植物。你别小看它那像小黄瓜一样的多刺果实，却有着神奇的活力和能量。当它成熟时，你只要轻轻地摸它一下，接下来你就会看到神奇的一幕，它会痉挛性地收缩，猛地脱离花梗，脱离时产生的裂口喷射出混着大量种子的黏液，力量惊人，大概可以喷射出四五码远的距离。这里做了不恰当的比较，但是很直观，如果我们也能以一个痉挛的动作把自己掏空，同时把器官、内脏和血液抛到离皮肤500米远的地方，这无疑需要巨大的爆发力和勇气，不是吗？

除了我们了解的弹道技术原理之外，大量种子还采用了对我们来说多多少少有些未知的能量源。你一定听说过油菜籽和石楠植物所产生的爆破效果吧，而炮兵里大师级的人物之一是大戟。大戟的高度就像个守卫者，它比人还高，常常被用作装饰性的高大"杂草"。大戟属植物在我们地区常见，现在我的桌子上就浸泡了一支大戟树枝，十分美丽。它长有分裂成三片的绿色浆果，里面藏着种子。时不时，就会有一个浆果裂开，发出巨大的炮声；它的种子具有巨大的原始速度，射出，打到家具和墙上，都是重重的声音，如果不幸打到你脸上，会感觉像是被蚊虫咬了一口。小小的种子，只有针头大小，却具有如此大的穿透力，简直不可思议。仔细观察找到它生命力的源头，你根本找不到答案，这种力量很神秘，就像神经系统一样，是眼睛所观察不到的。

长有荚果的西班牙金雀花，是一种藏有"弹簧"的花。这种美妙绝伦的植物，可以称得上是强大有力的金雀属植物家族中最值得骄傲的代表。它经得起任何诱惑，任何土壤都可以生长，追求淡泊、清醒而又顽强的生活。在南部山区，沿途的小路上，它长成了巨大的一簇簇球状物，3米多高。五六月里，树上开满了一片纯金色的花，十分高贵。在烈日的暴晒下，它非但没逃避，反而是混合着邻居金银花的香味，更加芬芳。它总是让人觉得是愉快的，恰似天国的露珠，极乐之地的泉水，凉爽舒畅的溪水，又像星星透过岩石孔洞里照射出来的光，明亮闪耀……

这种美丽的金雀花的花朵，与所有蝶形豆科植物的花朵很相似，比如花园里的豌豆花；它下方的花瓣形状很有创意，像是一艘单层甲板大帆船的铁嘴，密不透风地包裹着雄蕊与雌蕊。只要没有成熟，过往探索的蜜蜂一定对它没有察觉。但是当新郎新娘一旦迎来它们的情窦初开期，花儿的铁嘴就会因为停靠其上的昆虫的下压而弯曲下垂；金色的花粉爆裂开来，猛地向远方投射出去，一片光亮的花粉飘散在空中，散落下来，一部分被昆虫访客带走，一部分散落在四周的花朵上，就在此刻，一片宽大的花瓣，像阁楼上的屋顶一样，垂下来落在将要受孕的花柱上，将其保护起来。这多么惊心动魄，而又绚烂多彩的景观啊！

第十五章

现在让我们回到花的本身吧,之前我们提到了太多种子的问题,忽略了真正的载体花朵。就像我说的那样,可以找出太多的实例来证明花朵的设计巧妙。如果想要深入地了解和研究,还是要依靠一些专家的著作的,比如克里斯蒂安·康拉德·斯普兰盖尔的《大自然中发现的奥秘》,他是第一位分析兰花植物不同器官作用的人,这本书出版于1793年,书中有大量的具体描写和分析。当然还有查尔斯·达尔文、赫尔曼缪勒博士、希尔德勃朗特、意大利人戴尔比诺、威廉·霍克、罗伯特·布朗的书籍,都是我们以后会提及的。

在观察兰花植物时,我们发现了植物智慧中最完美最和谐部分。兰花看似扭曲古怪的花朵,却把植物的天才发挥到了极限,如熊熊烈焰般焚烧了动植物王国之间的墙壁。提起兰花,也许大部分人都会认为,它们是稀有珍贵的温室皇后,其实它们好像并不需要园丁的护理,而是金匠们却给予了它们更多的照料。在本地野生的植物王国,大部分的子民都是卑微的"野草"族群,其中兰花大概有 25 种以上，其中不乏独具创造性、结构复杂的品种。它们就是查尔斯·达尔文的研究对象，《论兰花科植物昆虫授粉体现的各种职能》一书中描绘了花卉的精彩历史篇章，以及英勇奋斗的花朵精神。寥寥几笔当然不能把花卉灵巧丰富的事迹描写出来，尽管如此，我还是竭力地想多让读者尽可能多地了解这个奇妙的植物世界，当然也包括兰花的智慧系统。兰花的手段和智慧习惯，卓尔不群，远胜于其他花卉。比如它们可以用"意志"控制蜜蜂和蝴蝶为它们服务，可以说是指哪打哪，随传随到。本书第十六章讲述的兰花科植物的自身机械装置是极其复杂的，如果用图表解释起来，会比这样容易很多。在这里，我会努力解释清楚明了，多多少少借助近似对比方法来表达道理，为了让不熟悉植物学的人可以轻易地在脑中勾画简洁图像，我也会尽量避免使用"粉腺"、"唇瓣"、"蕊喙"之类术语。

让我们从本地分布范围最广的兰花科植物开始吧。红门兰，也叫阔叶兰、阔叶沼兰，俗称草地火箭，顾名思义，它的花相对较大，更容易进行观察。在树林、潮湿草地常可以发现它，它的开花季在五六月间，花朵为粉色小花，长有聚伞圆锥花序，寿命长，可以长到一英尺左右的高度。不知你是否看到过中国龙的图片，这种兰花植物典型的花朵酷似这种奇异神兽张开的大嘴。长长的下唇瓣，就像参差不齐或齿状的围裙垂下来，这样昆虫就可以停靠在上面。上唇则是圆形风帽，用来遮蔽主要器官；与此同时，花朵背后，花柄旁边，有着一种长长的角，里面装着满满的花粉。大多数花朵的花柱或是雌性器官，都生长在脆弱的花茎末端，它们都是有些黏性的，小小的，一簇簇的。在兰花科植物中，这种传统的装置已经很难识别出来了。仔细看，你会发现在它口腔后部，喉部小舌的位置，有两个紧密相连的花柱，这是最为奇特的，出现了第三个花柱，它的顶端有个小袋子，更像一个酒杯，被称为"蕊喙"。酒杯里盛满了黏性液体，里面泡着两个小球；请再仔细看，小球上有两根短的花茎，茎上压着一个小包，里面小心地包裹着的是花粉颗粒。

第十六章

　　下面要介绍的就是昆虫是如何受控于智慧的兰花科植物的过程。昆虫落在花朵的下唇瓣上，并不知道下唇早已伸展开来准备妥当迎接它进陷阱。由于受到花蜜芳香的引诱，它试图一次性达到花朵底部装有花蜜的角状容器。聪明的兰花却把通道故意设计得很窄，那么昆虫的头部在行动过程中一定会磕磕碰碰，而这个"酒杯"十分脆弱，瞬间沿着一条便捷路线裂开来，这样里面浸泡在黏液中的小球裸露出来，直接与昆虫的脑壳亲密接触了，并且固定其上，牢牢粘住，紧贴不放，当昆虫离开花朵时，带走两个小球，不得不连同小球上长出的两根花茎及最宝贵的花粉包一同带出。这个时候昆虫就像是长出了两个直挺挺、瓶状的角一样。当然这一切困难的工作，都是静悄悄完成的，昆虫根本没有察觉到，还傻傻地去拜访临近的其他花朵。如果这两只角仍然保持坚硬挺拔，昆虫会用自带的花粉块去撞击其他酒杯里的花粉块，这样，自然花粉混合到一起就是十分自然的了。这样，兰花的智慧、才能、经验和远见是显而易见的了。兰花计算从访客吸吮花蜜到赶赴下一朵花所用的时间非常精确，已经确保总共耗时大概30秒。它利用的是一种全新的时间计算方法，而非单纯的时间计算方法。在每根花茎下面的插入口之上有一个薄膜盘，到第30秒结束的时候，它把花茎缩小并弹开，使之弯曲，在空中划了一个90度的弧度。两只花粉角水平地保留在"婚礼使者"昆虫的头上，指向前方。所以，当昆虫进入另一花朵时，两只角恰恰可以击中目标——另外一个酒杯下连接的两个花柱。

如果你为兰花的智慧所震惊，并不奇怪，但是它的才华还没有完全释放，远见尚未用尽。试想，受到花粉包撞击的花柱，外面涂着一种黏性物质体，假如这液体与酒杯里所含的强度相同，花茎断开，就会和花粉块完全粘在一起，被固定住，结局就是，花粉块的命运到此结束。众所周知，授粉的成功几率不会在一次冒险中消耗殆尽，而应该是大大提高才对。那么兰花是如何避免这个棘手问题的呢？兰花不但精确地计算分秒并衡量了线路，而且它仿佛也是个化学家，分别提炼了两种黏液：一种黏性强，碰到空气就硬化，用来把花粉粘到昆虫头上；另外一种黏性相对较弱，适于花柱进行相关运动，这种黏液具备的掌控能力用得恰到好处，足以轻轻解开裹着花粉颗粒的纤细弹性丝线。当然有些花粉颗粒会粘到胶面上，花粉块却不会遭到破坏。这样昆虫拜访其他花朵时，还会继续授粉工作，几乎永不止息。

其实我们还没有把兰花的全部奇迹详细叙述完。现在让我们留意一下那些被忽略的细节：其中一个就是小酒杯的活动，当那个小薄膜破裂露出黏性小球时，为了让花粉在还没被昆虫运走时保持好的状态，它会立即上提下边的边缘部分。我们同时会注意到昆虫头上方与花粉相连的花茎，它似乎具有一种经过奇妙化合作用后形成的幅散现象，当然所有植物都具备某种化学预警措施。加斯顿博尼埃先生最近做了一个相关实验，得出结论，每一种花为了保护自己种属的完整性，会暗中分泌毒素对任何外来的花粉进行破坏和抵消。这也许就是我们能看到的全部了，请注意，只是能看到的，事实上真正伟大的奇迹刚刚开始，就在那个我们肉眼所不能看到的世界里。可是，它的确是存在的，而且更加神奇。

第十七章

　　此时此刻，我走在一个橄榄园里，就在没开垦的一个角落里，发现了一株绚烂的羊臭兰，也许是由于这种植物在英格兰十分少见，达尔文曾经忽略了对它的研究。和本地的兰花植物相比，它必定是那最引人注目、美妙动人、令人称奇的植物。如若它的形状大小和美国兰花植物相近，可以断言这个世界上没有什么植物比它更加奇特。事实并非尽如人意，它拥有如风信子一样的聚伞圆锥花序，高度却是对方的2倍。花序上匀称地长着三只角的花朵，虽其貌不扬，但色彩清新，有绿白色的，还点缀着些许淡紫色。下花瓣长出来的地方，是古铜色的种阜、大片的"须髯"和淡紫色的"淋巴结"；花瓣肆无忌惮地伸展着，疯狂且不切实际，也许这就是它的个性，如一条盘旋着前进的丝带，可是颜色却令人恐怖，会让人脑海中浮现出在河里浸泡已久的死尸。这种花绽放的一刻，会让人联想到，如同置身在某个陌生的地带，这里充满了噩梦般的怪笑，魔法横行，它会带来可怕的疾病，它散发着强有力的、令人作呕的恶臭，像是一只被诅咒的恶兽。这种令人恶心的兰花植物，在法国比较常见，容易识别。很多人喜欢用它来做实验，因为它高度明显，器官清晰，自身适应性强，容易观察。我们将火柴头伸进花里面，小心翼翼地探到底部的蜜腺，用肉眼就可以观察到授粉的整个变化过程。火柴杆掠过的时候，蕊喙受到擦碰垂落掉下，露出用来支撑花粉茎的着丝盘。这里要说明一下，羊臭兰只有一个小小的着丝盘。火柴头一旦探入后被着丝盘抓住，两只装有满满花粉的花粉囊就会纵向打开；同样，一旦撤回，火柴头就牢牢戴上了两只分叉坚硬的角，角的末梢长有金色小球，像一顶小丑的帽子，滑稽可爱。这里我们无法欣赏这样的美景，无法欣赏这顶"帽子"完美的倾斜，为什么它们没有下垂呢？现在我们继续把戴着小丑帽子的火柴探进临近的一个蜜腺中，发现这动作是多余的，这花比阔叶兰的花大了很多，而蜜角布置得很精巧，当载满花粉的"爱的传递者"进入时，这些花粉块恰好可以达到花柱头的水平高度，顺利完成受孕。

这次实验成功的主要原因是选择了一朵比较成熟的花朵。当然我们并不了解花何时成熟，但是昆虫和花本身可以告诉我们，因为花朵平时不会大方地拿出花蜜来邀请并招待它的客人，只有一切准备就绪时才会引诱它所需要的客人到来，这就叫"世界上没有免费的午餐"。

第十八章

　　这里介绍我们本土兰花植物所采用的授粉系统的基本内容。可是该植物的每一种属和每一科都有自己独特的经验、心理和便利之处，它们会改变和完善并且实现真正适合自己的授粉方式。例如，红门兰就是其中最聪明的一种。它下唇瓣上颚外长出来的两个小小隆脊，就是负责引导昆虫的喙嘴伸进蜜腺，之后使昆虫完全听从它的命令行事，从而一切都在它的掌握之中。达尔文把这个设计比作引导线穿过小小针眼儿的工具，这比喻可谓恰如其分。

　　这里我们再分析一项羊臭兰有趣的改进：两只浸泡在酒杯黏液中携带花粉茎的小球，被一只形似马蹄状的着丝盘取代。如果我们用针尖或是刷子毛，顺着昆虫喙嘴推进的线路探入花朵，这种更简洁而且实用的设置的优越性就会一览无余地展现在我们面前。刷子毛碰到脆弱的酒杯，后者马上按照路线裂开，露出的马鞍形盘马上粘住刷子毛。迅速抽走刷子毛，可以看到这个马鞍盘整套美妙的动作。它坐在刷子毛上，对内收起两个侧翼，抱住支撑物。这样就会加强它的黏度，当然必须确保花粉茎的断裂。比起阔叶兰，它的分叉更加精确而安全。一旦马鞍盘卷曲抱住了刷子毛，长在上面的花粉茎就不得不因为马鞍盘的收缩而被迫分离开来，于是下面就是花粉茎的第二个动作了，它不顾一切地俯身冲向刷子毛的一端，这种方式的具体操作我们已经在前面叙述过了。这里只是总结一下这个组合动作，通常在30～40秒内完成，准确无误，完美之极。

第十九章

所有人类的发明创造都是通过点点滴滴地积累经验，实验失败，不断修改，不断完善，最终取得成功。在先进的机械工业生产方面，比如点火装置、燃料气化、离合器、变速器，无不都是人们通过许多细节的修改完善而保持不断进步的。花朵的进化理念也和我们人类相同。花朵同样在黑暗中摸索，也会遇到障碍和敌意，这个环境对于它们也是个未知的世界。它们也会有自己的法则，也会受挫失望，继续克服艰难，不断努力，直到看到胜利的曙光。不只是我们人类有自爱、耐心、坚强的意志，花朵也是同样拥有的，它们有自己的爱情、希望和理想，同样发挥多种多样的智慧，为了目标努力着……在抗争中，它们也要和巨大的惰性做斗争，比人类更加困难，可是事实却说明，这种力量最终反而对它们有所帮助。花朵的想象力极富创造性，在令人疲倦、狭窄而蜿蜒的小路上摸索前行，不仅追求细致入微且深谋远虑的方法，同样也会出现出人意料的跨越式发展，只要时间适宜，会突然把一件不确定的发现确定下来。兰科类植物中一种叫卡塔赛迪兰的花，它是由大发明家组成的家族，一个奇特而丰富多彩的美洲种族。只是一个大胆的灵感，就使它彻底改变了原始的一系列习惯。首先，有了绝对性的区分，每一种性别都有其特定的花朵。其次，最原始的花粉块或花粉袋不再会沉浸在小酒杯的黏液中，只是呆板地被动地等待"访客"把自己带出的机会，而是改为放在一个向后弯曲的单人小帐篷，坐在一根强有力的弹簧上。也不会用任何东西勾引昆虫特地前来访问这个私人小帐篷。卡塔赛迪兰是如此的高傲，因为它是有资本的，同其他普通的兰花不同，它不依靠来访者的任何动作。也许那是可控的局面，但是连续的动作就不可预测了。简单地说，昆虫这次闯入的不再是具有完美装置的花朵，而是一种活力四射，具有灵敏感觉的花朵。一旦昆虫降落在华丽的紫铜色的丝绸外庭，是避不开它那敏感细长的触须的，这时整个宫廷发出警报，小帐篷会立即四分五裂，你会看到，里面的花粉块分为两个花粉包，起初花粉块是被禁固在向后弯曲的花粉茎上的，花粉茎下面是一个支撑它的巨大的黏性盘，在这紧要关头，突然被解放的花粉茎像弹簧一样弹起，两个花粉包还有黏性盘随之被托起，猛烈地弹射到外面。也许是经过弹道学方面严谨的计算，黏性盘被抛在前方，拍击并最终粘住昆虫。被打晕的昆虫，心中只有一个念头：全速逃离这个天降祸事的攻击性花冠，到旁边的花朵里去避难。当然这也是这种美洲兰花所期待的，它高傲地完成了授粉。

第二十章

现在谈到的是一种国外的兰科植物——勺兰,这种植物奇特而实用地简化了整体植物系统。继续回顾一下人类发明历史中的艰难曲折,这里有一个反例很有趣。

一天,一个装备工在发动机室内,或者说是一个药剂师在实验室里,对他的领导说:"假如我们将实验顺序颠倒一下来做如何?我们反过来操作结果会怎样?如果我们把混合液的顺序颠倒过来,结果又会是什么?"实验就这样一次又一次地尝试着,突然间,意想不到的结果发生了!

勺兰之间也许就有类似的对话哦,这种花俗称"女士拖鞋",它的下巴像鞋一样的大小,看起来暴躁恶毒,可它却是温室中一支最有特色的,外貌最具典型的兰花。勺兰勇敢地简化了传统意义上的装置:富有弹性的花粉团、可以分叉的茎、具有黏性的圆盘和精致的胶液等。

让我们看看它是怎么做的吧:下巴像木屐一样,和像极了光秃秃盾牌的花粉团联合挡住了入口，迫使昆虫要用尖嘴穿过花粉团。完全出乎我们的意料，而且和我们观察的其他此类植物刚好相反，它的柱头没有黏性，而雌性器官是具有黏性的，花粉不是粉状，而是颗粒状，外面还附有一层可以伸展的细线黏性外膜。这种创新的安排有利有弊。缺点是：昆虫一旦带走花粉，不止会粘住花的柱头，有可能还会粘住其他物体。优点是：柱头再也不用为了排斥外来花粉而分泌液体了。不管怎样，这个现象都要进行专门的研究分析。同时，勺兰的其他一些设计的功用，我们暂时没能悟透。

第二十一章

　　既然谈到了兰科这种具有特色的植物，我们必须要提到一个辅助器官。这里要介绍的就是蜜腺，是它启动了整个奇妙装置的运作。蜜腺彰显了植物的天赋，是探索、试验和尝试的结果。花朵利用自己的才智，做了一系列的动作，不停地完善这些基本器官的素质，过程充满多样性和惊喜。正如我们所见的，蜜腺是一种长形尖尖的角，长度相当于与花朵张开的部分到底部的距离。它生长在花茎旁边，以平衡花冠的重量。我们平时吃的蜂蜜，就是蜜蜂把花蜜转化而来的，而这花蜜就来自蜜腺中。它起初只是蜜腺中含糖的液体。由此可见，蜜腺的任务就是引诱花朵需要的访客，其中的学问可是不小哦。蜜腺和昆虫大小要相配，还要迎合昆虫的习惯和口味，只有这样，客人们在完成整个工作时，就一定会仔细严格地遵循花朵的有机规律。在充分了解兰花植物后，不得不承认它的奇异特性和丰富想象力。可以推论，这些植物具有柔韧的器官，导致植物具有更多的灵活性及创造力。兰花植物观察入微，还颇有创意，喜欢探索新的领域，它的特质是上天的礼物，让它能生活在任何环境，这里，那里，遍布四方。不是所有的改革都能成功，有种叫做万带兰的兰花植物，它的努力就没有成功，无法使黏性液体硬化粘到昆虫头上，所以它要尽可能留住访客，用拉长昆虫插入吸管进入花蜜狭窄通道所用的时间，来解决这个问题。兰花类植物的设计复杂错综，闻名天下，就连达尔文聘请的优秀画家保尔都败下阵来，放弃了绘制兰花植物的图画。植物中也有明智之人，通过简化来达到进步的效果，大胆地取缔了花蜜的"角"，之后用外表奇特的肉质赘生物来代替了它，那么昆虫来了便改为一点点地咬食赘生物。可爱的赘生物总是热情招待来宾，同时花粉装备打开，来客依然会不可避免地带走花粉，这一点一定是你早预料到的了。

第二十二章

有时候我们面对未知的生命体,也会迷失在研究当中。只有利用上千种多样的小手段去研究,拉美大花兰的"诱饵"故事对于我们才不再是个神话。它的设计简直令人惊叹:它的下唇瓣像是一个桶,而上方两只角分泌出几乎纯净的水滴,不断滴落其中,快要满溢时,水从一侧的"排水沟"流走。这简直是一套效果卓越的水利设施,但是我却觉得其中结合部分有点残忍。不要认为那角分泌出的水就是花蜜,水在缎子般的水盘里不断累积也不是为了吸引昆虫,而是有其他打算。不得不承认,这种奇特的植物确实是玩弄权术的高手。正如上文提及的,这种兰花也是运用了肉赘生物散发香气,引诱着毫无戒心的昆虫到来进入这甜蜜陷阱。这些肉赘生物生长在吊桶之上,好像是开了门窗的房间,客人可以从两侧进入。现在一位贵宾——大蜜蜂开始享受美味,丝毫没有发现四周的埋伏。这种大型植物只引诱大型笨重的膜翅目昆虫,似乎其他的平庸之辈来到这个大雅之堂都会感到自惭形秽,比如一只小蜜蜂独来,用餐结束后悄悄离去,根本不会碰到吊桶、柱头和花粉,那植物的陷阱就会豪无意义,失去效力。而老谋深算的兰花怎么会允许有人来吃霸王餐,它观察着周围发生的一切。知道蜜蜂喜欢成群结伴，很贪婪，经常在明媚的早上成千上万地飞出用餐，花香弥漫在空气中，它们闻着花香寻到花朵的大门，并且成群结队地拥入新房，享用婚宴。蜜房里一定会出现争抢的蜜蜂。会出现这样一个情景，在一个花室里有三四只争着采蜜的蜜蜂，在这狭小的空间，墙壁还是打滑的，可是客人依然很粗鲁，它们一拥而上，狼吞虎咽，结果可想而知，一定有蜜蜂会掉入下面的吊桶，它获得了一次意外的洗浴服务，它那闪亮透明的翅膀被水滴浸湿，无论使出多大力气都是飞不起来的，那么它就需要一个出去的通道，这就是兰花早就准备好的侧面"排水沟"，排水沟的宽度可容纳昆虫爬行，但是昆虫的背部会碰到花柱的黏性表面，之后会碰到沿着花粉块的拱顶早早埋伏好的黏性腺体。它就这样带着黏腻的花粉飞到附近的花上，再大吃一顿，莽撞粗鲁地争抢着，无缘故地被花朵洗个澡，落荒而逃，之后重蹈覆辙，蜜蜂一定难免贪婪地触碰到粘着花粉的柱头。

　　兰花就是这个闹剧的导演，指导着每一个镜头的完成。它就是著名的可以利用昆虫激情的植物。有些人会把它描绘得非常罗曼蒂克，但如你所见，事实并非如此，现实总是残酷的，但是请尊重精确的科学观察结果，用其他方式来解释花朵不同器官的用途和安排是不负责任的行为。我们要接受明显的科学证据，并尊重它。植物这个难以置信却屡试不爽的手段令人钦佩，因为它并不是满足于眼前的口腹之欲，而是有深远的意义，它实现了植物颇有远见的理想——物种的繁衍增多。当然你也许会存有疑问，这种奇特且繁琐的手段是否会增加风险概率？其实我们并不急于回答这个问题，许多答案都会通过研究浮出水面。我们并不能完全了解植物行为的理由；也从没理解过花朵在简化以及逻辑两方面遇到的障碍；同样也没能彻底研究出植物生存与生长的有机规律。当人类努力去征服宇宙的时候，也许有其他物种正在火星或金星上观察我们，他们也许会问出同样的问题："为什么人类的设计是这么丑陋、笨重？他们设计飞行器、热气球、降落伞，用来干什么？他们只要模仿飞鸟，安上两只翅膀就够了啊！"

第二十三章

植物创造了奇迹，而且持久不变。它们每个种类都有自己的体系，代代相传，虽没有明显的改进。人类可能出于幼稚的虚荣心，常用传统的观念反对这些智慧来自植物的事实。从我们观察并研究植物开始，这五十年里，发现拉美大兰花和卡塔塞蒂兰并没有改进过它们的"陷阱"装置。这是我们可以说的一个事实，但是这又能说明什么？我们并没有把大多数的最基础的试验都尝试过一遍，不是吗？假设我们将拉美大兰花放到截然不同的一个环境，周围都是与之不匹配的昆虫，就这样过一个世纪，这植物是否还会用它的老方法引诱昆虫来洗澡，或者是否会适应并且存活下来，我们不得而知。然而这种花可能只是适应环境慢慢改变自己器官的同类花的代表之一，并不能以点概面。此外，人类总是将物种按照自己的标准分类，并且自欺欺人地创造出固定不变的划分种类。虽然植物先出现在地球上，但当昆虫出现的时候，植物为了适应这些天外来客的习性，勇敢地调整了自己的结构系统。在我们的认知里，好像只有地质学方面无须争执的事实，可以支持"进化"这个词，可是难道这样不是很狭隘吗？在根本上，这个词的含义难道不应该是"适应、演变与智慧发展"的过程吗？其实不借助史前文明发展的事实来证明，不是只有人类才可以适应环境，发展智慧，其他物种也是可以的，这样的证据搜集起来并不难。我在《蜜蜂的生活》一书中也谈到过这个问题。但是在这里不适宜具体讲述，只是回顾两三个细节。举例来说，蜜蜂发明了蜂房。蜜蜂无论原始出生的，还是野外出生的，都是在露天工作。因为北部四季气候恶劣，它们便想出了一个法子：它们在树上或者岩石的洞穴中建筑自己的家。这个奇思妙想，同样迫使从前总是围着蜂巢不动来取暖的蜜蜂，重新回到努力采蜜的工作中，并且照看蜂卵。而在炎热的夏天，它们又会恢复原始的生活状态，但是这并不常见。另一个事实就是：黑蜂被移往澳大利亚或者美国加利福尼亚，一两年后发现周围的环境，总是夏天恒在，花朵也是四季常开，于是它们每天只收集定量所需的花蜜与花粉，而完全改变了生活习性。以示它们只是延续祖先的习惯，在冬天储备好过冬的粮食，可是在新的环境下，情况完全被转变了。布科纳也提出了一个类似的事实，证明了蜜蜂对环境的适应能力并非缓慢、永久、无意识的，并不是消极认命的行为。这种能力是迅捷而且颇具智慧的。在巴巴多斯，蜜蜂的蜂房建在蔗糖提炼厂中心位置，它们在这个环境里可以全年找到大量的糖，所以根本不去找花蜜了，放弃了原始的生存手段。它们是多么的智慧，知道自己真正想要的是什么。

还有一个更有趣的故事，主要讲述了蜜蜂是如何驳倒昆虫学家的故事。两位知识渊博的英国昆虫学家科尔比和斯潘思声称："请提供一个证据来证明蜜蜂在受到外界的压力下，会用黏土或者灰浆代替蜂蜡和蜂胶，以表示它们是具有推理能力的。"就在他们刚刚发表了这个武断的观点后，一名叫安德列克乃特的植物学家就做了一个实验：将蜡和松脂调成的混合物涂在树皮上，之后发现蜜蜂都不再去采集蜂胶了，而是来采集这些混合物，因为这是唾手可得的、不必加工的物质，足可以代替花蜜。此外，在养蜂实践中，养蜂人会在蜂房外放几把面粉，蜜蜂们很快就适应了，尽管面粉的味道、气味和颜色都与花粉不同，却可以起到相同的作用。

其实不只是蜜蜂，不断发展改良方法达到适应环境的做法，在花朵的领域里也可以得到证实。比如我们曾经提到的对鼠尾草属中的几类做过的实验，它们的表现也是相当卓越的。我们可以谈谈芭比内一项关于谷类的有趣研究，研究证明：某些植物在被移植到陌生气候中时，也可以像蜜蜂一样观察并适应新的生长环境。在亚洲、非洲、美洲最炎热的地区中，冬季对植物也不会有破坏作用，所以小麦又变回它最初的生长状态，变回多年生植物，像叶草一样。相反，如果小麦被移植到寒冷的地区，会破坏它的原有习性，创造出一种新的繁衍方式。

这就像芭比内所说的，"正是由于这种令人难以置信的奇迹存在，植物本身似乎可以预见：一定要经历种子阶段，才能避免植物本身在极寒的季节里衰败消亡。"

第二十四章

  似乎为了证明,除了人类外,其他物种的智慧、进步行为的建立也是存在的,我们有点跑题了。但是,我们必须接受一个事实,除了驳倒"昆虫、植物和鸟兽是徒劳无功的"这个观点而带来的成就感之外,其实它们存在的个体智慧并不是那么重要。每每我们谈到兰花和蜜蜂类似的话题时,说的不是植物或者昆虫具有估算、组合、装饰、发明、思考的能力,而是说这是大自然的力量,我们为什么要这样区别呢?因为我们当务之急是要领会自然界普遍智慧的特点、质量、习惯甚至目的,而这种智慧是地球所有智慧行为引发的根本。从这个观点出发,就很容易理解,研究非人类生物(例如蚂蚁和蜜蜂)本能的进步和目标是我们最好的,也是最期待的话题。
  综上所述,显而易见,兰花类植物所表现出来的智能方式,至少与群居的膜翅目昆虫同样复杂,同样相近,同样令人赞叹。现在我们能理解的是静止不动的花朵,有很多暗藏的玄机和它们的目的,也发现了其中所有睿智而确凿的证据。但是关于躁动的昆虫由于不容易观察,它们身上值得推理的逻辑和秘密我们还不能给出确定的定论。

第二十五章

所谓"普遍智慧"或者"宇宙天赋",就是我们感知到的自然界的力量。我们通过观察和研究,它是如何在兰花的世界里发挥效果的,我们得出了很多宝贵的结论。这个主题为长期的研究提供了便利。首先我们可以确认,兰花所具有的美与快乐的概念、引诱昆虫的方法、审美的方式,都和人类很相近,所以容易被我们接受和理解。当然如果我们调整自己与兰花保持一致,表述起来会更准确。事实上,我们很难确定的是:我们是否已经发明出一种人类特有的美了?我们的建筑,创作的音乐,色彩光线都是从自然界借鉴来的。如果没有置身于大海、山峦、天空、黑夜和黄昏之中,我们怎能定义树木的美呢?茂密的森林,树木象征着大地的力量,也是我们对宇宙的感觉,本能的来源,我所说的不只是森林中的树木,而是树木本身带给我们的灵感。一棵孤独存在的树,承载了多少沧桑岁月,却依旧翠绿常青。可能你还没有意识到,你的记忆中一定会有几棵挺拔的树,也许会在你的印象中形成清澈的山谷,那可能就是存在快乐和安宁的基础。人到中年，不会再被新鲜的事物所吸引，见多了美丽奢华的花花世界，洗净铅华后，才会回到最为淳朴的记忆中，为真正的天赋和奢华下定义。这些淳朴的记忆在清澈的天空中展现出两三幅单纯、恒定而清新的画面，如果可以有一幅带你穿越到那个清纯的世界中，你一定希望带着这幅画面一同长眠。对我而言，无法想象极乐世界和死后的生活，但是若可选择，我希望安眠在一棵巨大无比的栎树下，或者是一棵柏树下，再或者也可以是佛罗伦萨的梧桐树下，我想无论是什么树都会给过路的人一种伟大的姿态。人们一定可以看到这棵树朴实、庄重、坚韧、勇敢的品质，无声地反抗着狂风暴雨，却从不张扬它的胜利。这难道不正是大自然的力量吗？它无声却充满力量。

第二十六章

在言归正传之前,我想要再强调一句,大自然希望变得美丽、令人赏心悦目,来证明自己的价值,花朵也是如此。其实人类做的也是这样,我们应该为自己的成就感到满足和欣慰。我的语气一定像极了传教中的主教,像是在对教徒们惊叹:"上帝总是让宽阔的河流经过大城市。"我们理解上帝的意愿总是有点困难的。但我们可以从这个观点出发,考虑一下,如果我们没有把自己当做花朵,就不会理解它们快乐的迹象和表现来自哪里。你一定要住在山村里,置身于幕天席地、漫山遍野的花丛中,才能切身地感受到来自花朵幸福和美丽的力量。我曾住在西亚涅河和勒卢河之间的普罗旺斯小镇,这里的美丽激发了我写作的欲望,并写下了这段文字。在这里,花朵主宰着山丘和谷地。这里的人们生活在芳香中,以果为食,农民们不再种小麦,因为他们似乎满足于现在幸福。田地中长满了花朵,香气弥散在空气中,连续不断,微风拂过,它们似在湛蓝的天空中跳着华尔兹的舞者。银莲花、紫罗兰、含羞草、石竹、水仙花、风信子、长寿花、茉莉，随处可见，妆点了白昼与黑夜、春秋与冬夏。其中，最壮观的景象应属于五月的玫瑰。到了花开的时节，放眼望去，从山坡到平原、谷地，玫瑰花就像是一条撒满花瓣的溪流向四面流淌开来，在葡萄树林和橄榄树林的堤坝之间，在农舍与树木之间，若隐若现，形成了一条青春、健康与幸福的五彩之河。玫瑰的香气，就像爱情带给人的感受，温暖清新，令人心旷神怡，人们猜想它是来自天堂祝福的源泉，洒落人间。俯身看去，一条条曲径，好似描绘着伊甸园的美景。来过的人，可能都会和我有相同的感受，这也许是你生平第一次满足于视觉的愉悦感。

第二十七章

现在我们从人类的观点出发,当然也要保留必要的想象力,对上一章的观点再补充一点保守的意见:大自然的智慧就是整个世界的智慧,在不断生存的斗争中与人类的行为是一样的。这个意见具有广泛的意义,就是说自然界的智慧和人类智慧相同,它们采取了与人类同样的思考方法和行为逻辑。人类为达目的,惯用的手段是:探索、斟酌、一次又一次地纠正自我,大自然的智慧也是如此,它会增加、减少、辨识、修正错误……这种智慧的累积,要付出很大的努力,就像作坊中的工程师和工匠们,一点点艰难地发明创造。在未知的世界里,我们(自然与人类)都不知道何去何从,只能勇敢探索,期待有所发展。我们同样都需要勇气,去抵挡那沉重、巨大、莫名的力量。虽然我们都不确定要去向何方,但是仍然不断地探索、发现自我。在理想面前,人类和自然是不同的,大自然有一个广义的理想,但有时也为之困惑。但是我们可以发现其中之一的理想,就是能以更加热情、更加复杂、更加急切、更加有灵性的方式存在。

在物质方面，大自然的智慧，可以处理无穷的资源，了解不为人知的宇宙巨大力量的秘密。但是在思维方面，这种智慧看起来占据了整个地球。到目前为止，我们没有证据表明大自然的智慧超越了这星球上原有的界限，如果它根本没有想超越星球以外的智慧，是否说明星球之外别无他物？这是否可以说明人类智慧的方法是唯一可行的方法？人类并没有偏向歧途？人类的产生与存在并不是例外，也非怪物，而是自然智慧表达的杰作？还是最强烈地向宇宙表达伟大的意愿和巨大的愿望呢？

第二十八章

我们意识当中的试金石慢慢地出现了。也许柏拉图那个"洞穴"的著名的比喻已经不够了,其直接目的是要揭示"受过教育的人与没受过教育的人的本质"。现在我们用新的和更精确的图像来取而代之,也是来不及了吧。设想一下柏拉图的洞穴扩大了,光线永远都不能照射到其中。现在把人类所有的文明都放入洞中,只是没有光和火。让一群人在出生后就一直生活在洞穴中。他们不会因为没有光明而感到沮丧,因为他们从来没有见过光明。他们不会为此难过,可能因为双眼没有什么可看的,因此早就具有了格外敏感的触觉器官。

想想这些生活在黑暗中不幸的人们,也许会看到我们的影子。他们置身于多种未知的事物当中,周遭的一切都是陌生的,一定会出现稀奇古怪的错误,难以置信的偏差,走进令人震惊的误区。但是当他们使用了不该出现在黑暗里的东西时,一定是独具匠心的,真的就是生命的创新。而他们也许根本就不知道正确的使用方法,可以努力地用这些工具来适应黑暗中的生活。如果他们处于日光下，发现这些东西本来的性质与用途，一定会惊慌失措！

然而，他们的处境如果与我们相比，应该算是比较简单而且容易应付的了。他们匍匐寻找的神秘世界起码是有限的，他们仅被剥夺了一种感官，而我们缺乏的东西却是数不胜数、无法估计的。也许他们错误的原因只是一个，但我们错误无数。

既然我们也生活在一个"无形"的洞穴中，而可以感受一种力量经常控制我们的行为，甚至在我们自身的行为上有投射，那么去证明这股力量的存在是不是很明确，且有深远的意义呢？幸运的是，我们生活的洞穴中，仍有一缕微光，使我们不至于弄错各种工具的用途。

第二十九章

　　我们长期以来都有一种自负且愚蠢的想法：人类就是举世无双的、奇迹般碰巧产生的生命体，与其他生命体没有任何关系，也许来自另外的世界，无论何种情况，何时，我们都具有非凡的、无与伦比的、与生俱来的天赋。让我们清醒一下吧，少一些自诩的"奇迹"吧！因为这奇迹不久将会在不断演变发展的大自然中消失。人类与伟大的自然界的精神遵循着相同的轨迹，这是令我们欣喜和安慰的。尽管大自然的精神不是为了我们正义与同情的具体梦想而存在的，但是我们可以看到，大自然与我们一样拥有共同的想法，共同的希望，共同的考验，共同的感受。为了更好的生活，我们必须面对未知的领域，征服宇宙中未被开发的、无意识的、无规则的部分。在这条艰辛的道路上，我们确信只有使用各种自然力与物质规律，借用大自然的智慧和方法，才会达到目标。除此之外，别无他法。令我们感到欣慰的是，我们现在身处于这个由未知事物组成的宇宙中心家园中，而宇宙的思想并非不能理解，也并不是与我们相悖，而在某些程度上是契合的。

  如果大自然从开始就是无所不能的，完美绝伦，毫无瑕疵，决不犯错的，而其中所有的生物的智慧都远远超过人类，我们一定会心生畏惧，胆怯退缩。我们会认为自己处于劣势，成为了一种外来力量的猎物，随时会消亡牺牲。对这种力量，我们又无从知晓和猜测，更不要说是抵挡。所以我们选择相信，这种力量至少在智慧的角度是与我们相似的。我们的智慧和大自然一样，拥有同样的内涵；属于在同一个世界，几乎是平等的地位。这种力量并不像神一样，而是如同兄弟般与我们联合在一起。它以一种无形的意识个体存在，我们要做的就是发现它并且向它学习。

第三十章

有这样一个观点,并非有一种或是多种具有智慧的生物,而是存在一个分散而普遍的智慧体,它如同一种自然界的流体,会根据遇到的生物体的差别,以不同方式与形态渗透到形形色色的生物体中。我觉得这个观点并不突兀。自古以来,人类大概是代表了对流体的阻力最小的生命模式。从宗教的角度,称这种流体为"神"。我们要如何感受这流体呢?我们的大脑的脑回可能会形成某种方式的感应线圈,在其中"电流"会成倍加强,而这种电流就和穿过石头、星星、花朵和动物的一样。这就是大自然的流体,而非其他物质。我们的神经就是传导这种微妙"电流"的线路。

但是由于我们没有接收答案的器官,这种奥秘就未能探索解答。我们满意自己的探索观察,在人类以外存在的智慧现象,相反却质疑对自身的观察。我们又是法官,又是原告,对现居住的环境还有太多的好奇,抱有巨大的幻想和希望,那么请珍惜外界一切微妙的智慧现象吧。与山川、海洋、繁星相比,花朵为我们传递的信息似乎微不足道，但是依然会让我们惊叹它们的生命奥秘。这些奥秘使我们确信：让我们躯体运作的精髓力，就如同万物散发出的生命力，或者说是被赋予的生命力。如果花朵与人类的生命力相似，那么内涵也应该是相同的。那么它们也就和我们一样，拥有种种习惯，有专注的事情、喜好、偏爱，以及对更美好事物的渴望，同样可以运用相同方法去达成。那么从逻辑上分析，我们本能的，对积极性的希望，也可能就是它们的本能希望。也就是说，一切生命的开始都是积极向上的；或者说，消亡可能仅是生命的阴暗面和休眠而已。这种在生命中如此广泛存在的，无限的智慧，必定是与生命息息相关的，决定了所有生命体的繁衍生息！这伟大生命力的存在必然是有着深远意义，那就是战胜死亡、消亡、黑暗、邪恶的一切，追求更加美好、幸福、完美的生存环境。

双重花园

Double garden

人类的朋友——狗

一

前几天，我的小哈巴狗死了，它只活了六个月。直到现在我还记得，它睁着那双聪慧的眼睛观察着周遭的世界，等待迎接生命的挑战，之后残忍的死亡却使它永远地闭上了眼睛。

当初是一位朋友将这只小狗送给了我，并给起了一个惊天动地的名字——佩雷阿斯——现在想想也许他用的是反语。为什么要给一个脆弱的小生命起了如此之强的名字？它只是一条可怜的，可爱的，忠诚可靠的小狗，怎能当得起如此名号！不过这还是它在世界上唯一的名字。

我的佩雷阿斯有着凸起的宽额头，它总是能让我想起古希腊哲学家苏格拉底和19世纪法国印象派诗人魏尔仑。它的黑色小鼻子有着和额头对称的大下巴，非常滑稽可爱。三角形的大脑袋颇具威慑力，总让我感觉它是倔强而忧郁的小绅士。也许它不符合人类的审美，但是从狗的物种法则来看，它却是很完美的。它总是抬起重重的头，对着我笑，看起来是如此天真无邪，乖巧伶俐，充满无限的感激之情。这也许就是狗对主人的示好，它们完全舍弃尊严只是为了换取主人的爱抚。我再不会觉得它是丑陋的，而觉得它如此可爱亲近。它的眼神总是单纯的，清澈的，甚至可以让冰雪消融。它总是竖起耳朵，认真地看着我，好像可以听懂人类的语言。它有时很坦然淡定，面对任何的赏识和夸奖，它的眉头都不动一下，额头永远都是不会有皱纹出现。而有时候它很敏锐，当我向它伸出手或者只是一个眼神时，它就会疯狂地摆动尾巴。我可以感受到它的喜悦和满足，这个小生命有无限的动力。

我把出生在巴黎的佩雷阿斯带到了乡下。它的小爪子还是胖胖的，并不是很强壮，应该还没有定型，支撑着需要驮着一颗大大的脑袋的小身体，看起来很滑稽，但是表情总是很严肃，一步步地在探索它的生命旅程。我在想是不是因为承载了太多的思想，所以它的脑袋才如此大而沉重。

有时候，我觉得它就像是个过度劳累的孩子，有太多的无奈和伤感，在生命的起初就负担了过重的生活压力。因为没有任何外界帮助，或者说它自身也没有办法借助外界帮助，要在五六周的时间内，了解这个未知的世界，在它的脑中对宇宙形成一个美好的最初印象，这件事情对于一只小狗来说是吃力不讨好的，而且还不得不去做的，因为这是它生存的本能需要。就算是人类，受到长辈和兄弟的帮助，对宇宙有个概念也要三四十年的时间。在知晓万物的上帝眼中，这只小狗难道不应该受到同等待遇吗？

起初佩雷阿斯开始研究泥土，它在上面抓呀抓，刨又刨，会发现一些奇怪的东西；之后它开始会看天空，也许是天空太高，找不到什么好吃的，乏味到看一眼就算了；它后来发现柔软的草地是个好地方，它可以尽情地玩耍，上面富有弹性，也很凉爽，累了也可以休息一下，简直是一个安乐窝。它的生命中充满了未知。

也许你从来没有想过，假设你是一只小狗，都要学会哪些事情，知道哪些事情：

你必须要善于观察，因为许多问题都需要几千次随机地、认真地观察才能得出结论，这是非常必要的，可以避免自己受到无谓的伤害。你必须要懂得追逐飞鸟是徒劳的。因为你没有必要用亲身体验痛苦的方法，去衡量从屋顶到地面的高度。如果你被猫欺负了，你是没有办法爬到树上去教训它的。你要知道睡觉要选择明媚的地方，而阴暗的角落只会让你冻得哆嗦。你会懵懵懂懂地发现，雨点不会落到屋子里，下雨了要躲在屋檐下。水是冷的，不能长期待在里面，有时候甚至很危险。火在远处可以取暖，靠得太近也会很可怕。你必须留意草地和农场里的脚印，那些长着角的大型牲畜所走过的道路。它们都是具有威胁性的，不要因为它外表看起来温顺而降低警戒，也许有一些牲畜性情温存，不会因为鲁莽的打扰而发怒，但是你永远都无法猜透它们心中的真正想法。

在经历了种种痛苦和耻辱之后，你更需要学会的是——你的主人就是你的"神"。你要无条件地服从"神"的所有戒律。你要意识到，"神"的家中最为圣洁的地方就是厨房，虽令你神往但绝不能侵犯。做饭的大婶在家中有着很重要的地位，嫉妒心也很强，所以绝不能去挑战她的耐心。你会发现这个家中用许多的门划分领地，每一扇门后面都是个未知的领域，藏着变化莫测的奇迹。有时那一扇是通往幸福的大门，但多半都是关得紧紧的，你面对的是一张冷冰冰的、傲慢无情的、对你的请求充耳不闻的大门。当然生活中充满了至善至美的东西，总是让你望眼欲穿，却无法企及。比如，香喷喷的美食总是放在高高的炖锅里。你不得不习惯这种生活，要学会用一种冷漠的眼光去看待这一切。而且，你要不停地告诫自己：这里的所有都是神圣不可侵犯的，即使用舌头敬畏地舔一下，都会引起"众神"的震怒。

于是，你又发现了那张摆满东西的桌子，但是你猜不到上面究竟有些什么。你发现那些椅子似乎也在嘲弄你，因为它们知道"神"是不允许你在上面睡觉的。想想那些餐具，天啊，当你有机会接近它们的时候，几乎都是空的。你看到那盏灯了吗？它可以为你驱逐黑暗……

你感觉很累，你面对了太多问题、命令、危险、禁令和那些未解之谜，你好像被这些东西压得不堪重负。你感觉到这一切都从深邃的时间与物种起源当中发出，蔓延至今，渗入血液，侵入骨髓，一旦爆发开来，就会是比疼痛、"神"的辱骂、对死亡的恐惧更加强大，更加势不可挡。因为你知道：这是永远无法违背的宿命。

好吧，让我们说得具体一点。当人们睡觉的时候，你就要退回到自己窝里，独自面对黑暗、沉寂和夜晚带给你的所有恐惧。此时，你的主人可能已经在他温暖的床上进入梦想。你可能会觉得自己很弱小，无助。你知道在黑暗中很容易隐藏伺机而动的敌人，你蜷缩着身躯不敢大声呼吸。本能告诉你，越是黑暗越要警惕，任何风吹草动，一定要第一个冲出去打破这死一样的沉寂。你决心做一个孤胆英雄，不惜一切地捍卫家园，消除所有蠢蠢欲动的罪恶隐患。无论敌人是谁，都要狂吼逼退，即使是主人的兄弟也会奋力一搏。关键时刻，不惜动用最神圣的武器——牙齿，绝不会被和主人相似的手所迷惑，因为你清楚地知道那不是你的"神"。不可以保持沉默，退缩，那是不负责任的，也不可以被敌人引诱贿赂。在寂静的黑夜里，保有你英雄的气节，用尽生命的全部力量呐喊，发出警报。

这种伟大而本能的责任感是与生俱来的，拥有超凡的力量和勇气，不会惧怕死亡，更不会惧怕人类的意志和愤怒。在人类谦卑的历史及现实中，一旦涉及狗与其他动物争斗，人都会对狗安逸释怀，记忆深刻。但是在现今较为安全的住所里，狗也许会因为不合时宜的过分热情而受到惩罚。也许你会感到诧异，为什么没有做错任何事情而被责罚，并对人类投去埋怨的目光。人类的祖先们生活在山洞、森林和沼泽的时候，和你们的祖先曾经签订过一个联盟条约，无论任何时候、任何地点、就是人改变了条约中的主要部分，你们也不离不弃，永远忠于生命的本能，战斗到最后一刻。

当然要成功地履行这个职责，需要付出很多努力，克服很多困难。起初，这任务很容易，简单而明确！山洞在山坡上，那么任何接近山洞、平原或者丛林的活物，一定都是敌人。自从人类走出蛮荒之地，走向文明的世界开始，这个职责变得越发难以应付。如今你就更难应变了，你必须说服自己去理解成千上万莫名的情况，去服从陌生的文化，当然你要佯装全然理解的样子。你要明白，全世界不再只属于你的主人，你要弄清楚哪里是你主人的私人领地，从什么地方开始从什么地方结束。即使这些已经被莫名其妙地限制了。通过察言观色，要明确几个问题：在什么情况下要保持克制？要阻止、提防哪些人？你总是会碰到问题，你会感到奇怪，为什么有一条路人人都可以走。你感到郁闷、压抑、遗憾，但是仍然要接受事实。幸运的是，你在另一侧找到了可以只属于主人家的小路，这里就是你的领地，任何人都不能涉足。当然这条小路也把一些麻烦引入到你的生活当中，你一定要坚守岗位，秉承优良的传统。

你的生活会安逸舒适，也会有些不随心愿。阳光洒满了装饰着珍珠的厨房门口，绘有剪纸图案的碗架上，瓶瓶罐罐在淘气地相互碰撞着发出噪声，吵醒了正在阳光下美梦的你。铜锅也参加了进来，互相嬉戏，光滑的墙壁反射的光点就好像霓虹灯一般。火炉中的火苗呢喃着，炉上的三个罐子忘情地跳着舞。你会觉得那火苗喷出的火舌充满了轻蔑，时时在挑战你的耐心。橡木盒子里的时钟，已经开始坐立不安了，只要时间一到它就会鼓起它那镀金的大肚皮，发出预示用餐的庄严声响。可是围绕在你耳边的只有几只讨厌的苍蝇。餐桌上摆放着鸡肉、兔子肉、三只鹌鹑，还有一些桃子、西瓜、葡萄等被叫做水果的东西，当然你最感兴趣的还是那些热腾腾香喷喷的肉。大婶把从银色的大鱼肚中掏出的内脏，扔进了垃圾箱。对于你来说，那就是个珍宝盒子，总是有意外之财，取之不尽的宝藏。你本想上前，赶快美美地吃上那本该属于自己的大餐，可是你又要装做没有在意过垃圾箱在哪儿的样子，因为主人严格禁止你乱翻乱弄。你一定不能理解，人类为什么要禁止这么多快乐的事情，生活要多么的无趣沉闷；你必须服从配餐室、地下室、餐厅里的各种规矩，日子也会空虚混沌。

幸好主人的注意力在美食上，而且总是心不在焉，估计早就忘记了自己随意下达的命令。其实很容易就糊弄过去了。只要你耐心等待时机，便可随心所欲地享用美食。当然，主人就是神，可是对于狗来说，也是有独立的、严格的、冷静的道德观，如果主人不到，那么自己的行为也就合理化了。如此，那就闭上警惕的眼睛，佯装进入梦想，梦见了月亮吧……

听！那蓝色窗户又开始轻微地敲打声响，是从花园里传来的，那是什么声音呢？一定是那山楂树枝在敲打，想看看我们正在这凉爽和美丽的厨房里干什么，你要知道树木都有好奇心而且好激动，也觉得没有什么和它们可谈的，它们其实也不是特别的情愿，因为树木是屈服于任意妄为的风。突然，你好像又听到了什么声音，是脚步声，竖起耳朵，撅起鼻子东嗅西嗅，原来是面包师正走向篱笆，而邮差也正在打开篱笆门。这两位老熟人，一定是和往常一样来送东西的。你可以恭敬地看着他们，轻轻地摇摆两三下尾巴，向他们打招呼……

突然，一辆马车停在台阶前，这会是什么情况，问题变得复杂了，你又一次警醒起来！你对着那些高傲的马匹狂叫一气，可是这些大块头丝毫没有反应，根本不在意你！你用余光审视着从车上下来的每个人，他们都是衣冠楚楚，神气十足，有可能是你的"神"邀来一起享用美食的。为了你的职责，你要带着几分敬意叫上几声，应该说这些得体的做法，也是明智之举。尽管如此，依然要保持警惕性，偷偷地躲在客人背后，努力嗅着周围的空气，不能放过任何暗藏的敌意和企图。

这时你又听到厨房外面有一瘸一拐的走路声音,这次来的是背着口袋的乞丐。这个人一定是敌人!他一定是那些曾经在堆满骨头的山洞外徘徊的敌人的后裔,他们一直都存活在你种族的记忆中。忠心的你终于等到了机会,被愤怒冲昏了头脑,开始声嘶力竭地狂叫,仇恨愤怒地龇牙咧嘴,你想要扑过去咬住那个敌人的裤子,这时候,那个厨房大婶拿着她那把好像权杖的笤帚,跑来保护那个敌人!你不得不带着愤怒和委屈,退回自己的小城堡,这下子咆哮威胁都是无济于事了,你一定觉得,人类的思维已经丧失了正义和不公的概念,胜负一定都让你很沮丧……

真的一切都已成定局吗?不会的,再渺小的动物也有它的责任所在。你已经知道,想在动物世界和人类世界,这两个悬殊的世界之间找到一个交会点挣扎求生,争取自己的幸福生活,是要付出千辛万苦的。可是要如何完成使命呢?必须要保护好自己的神,而这个神不是空想出来的,也不是凭空臆造的,而是真实可见的生命体,远远超越了你的自身。

作为一条像佩雷阿斯的小狗,你要在主人家该如何行动,如何表现,现在已经都清楚了。但是这世界并没有止于大门口,而且,在篱笆外,还有一个更大的世界,在那里不需要狗的保护,而且景色变化日新月异。在大街,在田野,在市场,在商店,你又要怎么做呢?长期积累的观察经验,你明白了除了主人之外,谁的召唤都不能听从,即使是很热情的对你表示好感的陌生人,可以彬彬有礼,但是依然要无动于衷。此外,还有那些狗兄狗弟,你必须自觉地遵循某些神秘的规矩,对于鸡和鸭,不能表现出好像看到了点心,即使是触手可及的。对于总是在门口用尽各种花招挑逗你的猫,依然要表示轻蔑,不去理会它们。只有老鼠、田鼠和野兔,才是你可以追逐的目标。这些具有秘密标志,表示还没有和人类平等相处的动物,都是可以追杀的,并且如果你成功了,还会受到"神"

的表扬。

可是除了这些，还有很多费心的琐事！也许因为这些数不清的问题，佩雷阿斯经常是谨小慎微和满心忧虑，所以总是忧心忡忡，心事重重，看起来忧郁和严肃的样子。对此人类会感到惊讶吗？

大自然赋予了狗漫长的艰巨任务，这种本能正在升华，接近光辉的境界。可是最遗憾的是，佩雷阿斯根本没有时间去完成。一种可以夺去成千上万只小狗生命的奇怪疾病，给佩雷阿斯的美好生命画上了句号。

如今，曾经那个充满了爱的热情，理解的勇气，天真无邪，快乐无比的小生命；那个总是向我投来善良、忠实的目光的小可爱；那个已经几乎与人有相似习惯的小东西；那个为了讨好我拼命摇尾巴的小生灵，悲剧地倒在了冰冷的地面上，已经不再属于我们这个世界。它被埋在花园的角落里，依然孤零零地躺在一棵开花的老树下。

二

大自然的和谐规律是一成不变的，物种之间相互隔绝的藩篱原本是无法翻越的。而仍旧存在着意外，那种即使是脱离同类，也要接近人类，遇到任何危险也不会舍弃人类、减少对人类的爱。那感人至深的品行，只有在狗身上能够找到。同样，人们爱狗！在这个因机缘巧合才存的地球上，人类是孤独的，周围所有形式的生命体，除了狗之外，没有一种生物是人类的同盟，愿意用生命去保护人类。大部分的动物都不了解人类，都惧怕人类，所以没有一种是爱我们的。而植物只是我们的不能行动的同伴，它们盲目地顺从着我们安排好的环境和规矩，它们好像是被俘虏的，却无法逃离的牺牲品。一旦我们离开了它们，它们就会恢复到最原始的状态，无拘无束地自然生长，但也是自生自灭的。如果玫瑰和谷物都有了翅膀，在我们靠近时一定会比鸟儿飞得更快。

在动物界中，有些很冷漠、很胆小，或者很愚蠢的动物，我们可以奴役它们，让它们听命于我们。马就是其中一种，它们天性变化无常，却胆小，它们只对疼痛有反应，我们用皮鞭就控制了它们。还有逆来顺受的驴，它们总是垂头丧气，无所事事，不知道方向，只要手中有根木棍和鞍勒，它们就会乖乖听话。母牛和公牛，就更加简单了，只要有食物它们就会很幸福，千百年来，它们从来没有过自我意识。接下来就是胆小的绵羊，它们连睡觉都会惊恐害怕，除了恐惧它们根本不知道其他事情。只要有玉米和小麦，母鸡永远都会老实地呆在家禽饲养场，因为它知道除了这里，没有什么地方可以提够足够的食物，到了森林里只有它们成为食物的可能。而猫，不能食用，不会干活，没有任何意义，它体形较大，脾气多变，高傲自大，目中无人，它能屈服于人类，是因为只有我们才能忍受这种好吃懒做的寄生虫。我想猫还会在心里辱骂我们，可是其他的几种动物就像是一块儿石头或者一棵树，对我们不理不睬，不了解，也不在乎我们。它们不会关心我们的生死、悲欢离合，我想也许它们根本听不到我们的声音，除非我们去威胁或者喂养它们的时候。马对我们的态度就是这样，它不信任，也不理解人类，当它们看我们的时候，眼神空洞茫然，毫无表情，就和其他反刍类动物一样，比如麋鹿或者羚羊，好像这牧场上发生的一切都与它毫不相干。

我们如同关系疏离的星星，昨天才坠落在地球上，碰巧落在了这些动物旁边一样。它们生活在我们周围，长久以来，它们对我们的思想、感情和习惯还是如此陌生。可以看出在人类和其他动物之间有一道宽阔的鸿沟，我们利用它们的无限忍耐，才成功地使它们向我们迈近了虚幻的两三步。设想一下，假如有一天大自然赐给了它们同样的智慧、力量和武器，它们改变了对我们最初的服从，不能不承认，我不会再相信马的驯良，驴的顽固，还有羊的温顺。我会像躲避老虎一样地去躲避猫。即使是平日里庄重、温顺的老牛，我看到了也会绕开走。至于那目光敏锐、动作迅猛的母鸡，它一定会把我当成是蜗牛或者虫子，毫不犹豫地把我吞掉。

三

如今，周围的生命都很冷漠，缺乏理解，这是一个无法沟通的世界，万物都好像防备着什么，封存内心，固步自封。生物之间的关系只剩下了行刑者和受害者、捕食者和猎物。只有死亡把临近的生命之间建立了残酷的因果关系，一切好像都在劫难逃，我们都生活在自己的铜墙铁壁内，根本感受不到任何的同情心，丝毫都没有。在地球所有的生物中，只有一种动物打破了这个冷酷的圈子，舍弃了自己的群体奔向了人类。它成功地跨越了那个黑暗的地带，那个自然界划定的隔开每个生物的鸿沟，成为了我们最熟悉和忠诚的朋友，它就是——狗。

今天，我们每每看到狗在我们面前表现的一切，都是如此简单，平淡，可是对于它们却不是很容易。狗自愿而勇敢地走进一个完全陌生的世界，那个世界并不是它宿命里注定要去的地方，而且它的表现远远超出了人类的想象，在人类历史上也是不大可能发生的。人对动物的认识，也可以说是对狗的认识，是从黑暗到光明的非凡过渡，是从什么时候开始的，我们也不清楚。也许是从豺狼中发现了狮子狗、牧羊犬，或者大獒；也许是它们自己要来到我们人类世界的。不过自从有了人类的历史记载开始，狗就在我们的身边，一直到现在也是一样。那么没有人类历史记载前的日子又是如何呢？它们仍然是在我们的房子里，完全适应了我们的习惯，习惯了一起生活，仿佛它和人类是一起出现在地球上的。对于信任和友谊，狗和人类之间是天生就存在的，不需要争取，狗是人类的朋友。它们自在娘胎里就已经献身给了它的主人,从生命的来临就已经全身心地信任它的主人。然而,"朋友"这个词可以完全地去定义狗和人之间的关系,它们对人类是充满深情的崇拜的。它爱我们,崇敬我们,认定我们是生养它们的恩人。它对我们的感激之情,都表现在它平日里的忠诚上,比我们自己的眼睛还要可靠。它和我们是亲密无间的战友,或者说狗是人类的最忠诚的爱仆,它会用全身心的信任与热烈的爱来保护主人,无论在什么情况下,都不会胆怯,不会泄气,不会退缩,永远挡在主人的前面。它好像是一个神秘的物种降临在地球上,就是专门为了保护人类的。它们用感人至深的智慧解决了本该只有人类自己面对的问题。它们也从不挑战人类的优越性,从不示宠若娇,一直对人类忠心耿耿,心悦诚服,不后悔,也不会心怀鬼胎,它只会处于本能,维护自己一点点的独立和个性,那些为了繁衍而必须的成分。狗一直都臣服于我们的脚下,它们承认人类更为优越强大,它们的忠诚和无私一直令我们感到惊讶。它能够为了人类的利益,不惜背叛了整个动物王国,为了人类义无反顾地舍弃了自己的族类、亲人、母亲、儿女,更重要的是自由!

狗对人类的爱处于物种的本能,是物种的自发行为,当然它们是充满智慧的族群。它似乎想的只是我们,只为了我们谋利益。它们好像天生就会取悦我们,为了主人开心高兴,它愿意听从一切安排,完全服从我们的安排,也会想尽办法适应这个五花八门的环境。它有时候只是为了博得主人一笑,就会使出浑身解数,显示出无限的能力和性情。有时候我们去山谷打猎,帮我们寻找猎物的还是它们。它们的腿会变得无比长,鼻子和嘴变得更长更尖,扩张肺部,跑起来比梅花鹿还要快。它会想尽办法帮我们找到藏在树林里的猎物,像是一条蛇悄悄地潜入稠密的树林中,这一切都是因为它可以看懂主人的心思。上天赐予狗的健康、智慧、充沛的精力和警惕性,还有它温顺的天性,使它也成为了牧羊赶牛的好手!

在一个家庭中，它更是一个好的保镖，对待入侵者时，它会变得凶神恶煞一般，爪子宽厚有力，让敌人难以对付。为了可以随时陪伴在人类的身边，狗的毛发可以随着气候变化，比如我们带着它们去炎热的南方，它的毛就会变得越来越短、越来越轻；如果是到寒冷的北方，它的皮毛会变厚，脚会长大，这样就可以更好地踏雪，绝对不会因为严寒就舍弃我们。它喜欢和我们嬉戏，逗我们开心，它把自己打扮得优雅和精致，比布娃娃小巧，来点缀这个家庭，在火炉旁乖乖地睡在我们的膝盖上，甚至为了让家庭富有生气，就听凭我们的命令，做出滑稽可笑的动作。

在我们所认知的世界上，有一种原始创造力主宰了物种的进化，只有狗被赋予了可以像人类一样思考的能力。自然界就像一个巨大的熔炉，各种生物都具有各自优势，没有任何一种比狗更有可塑性，能够有丰富的形态，能够轻易地适应人类世界。

有人会认为我们是有改造家养动物性情的能力，比如：鸡、鸽、鸭、猫、马、兔等，但是它们对我们好像永远冷漠，态度一成不变，和狗所经历的改造没办法相提并论，相去甚远。在对狗的驯服过程中，我们可以感受到经久不衰和无法遏制的美好感受，睿智和专一的爱。而对其他的动物，我们丝毫都感受不到。确切地说，在所有的家养的动物中，只有狗拥有难以理解的天赋，总是默默陪伴，不会打扰我们，也从不抱怨我们为了方便自己而利用它们的天赋。也许是由于我们对事物本质一无所知，只是依赖事物展露的表象，但这种美好的表象也是好的！在地球上，我们生活得像一个不被承认的国王，孤立无援，可是我们永远拥有一群忠实的对我们充满敬爱的仆人们。

在狗的身上，我们看到的实际情况是表象和本质是相同的，它是拥有特权的种群，是有责任感和使命感的智慧生物。在动物的世界里，它被看做是有卓越的、令人羡慕的位置。迄今为止发现，只有狗承认和发现了这个世界有可见的神。它知道要效忠什么人，如何发挥自己擅长的本领，找到用武之地。它不再需要在黑暗中，在谎言中，假设的梦想中，寻求完美、出众、无限的力量。它与生俱来的这种力量，走在荣光的大路上。它背负不被了解的至高无上的责任，超越一切的道德观，而且无所顾忌，无所畏惧。它怀有明确而远大的理想，知晓全部真理。

四

　　记得小佩雷阿斯生病前，有一天，坐在我的桌旁，尾巴卷缩在爪子下面，它歪着头好奇地盯着我看，好像要问我什么事情。它非常专注且平静，就像一个虔诚的信徒面对它敬畏的神。它会莫名地感到幸福，只是为平淡无奇的事情而幸福，这幸福我无法完全理解，它流露的微笑好像在憧憬一种即将来到的高质量生活。它在认真地揣摩着我的表情，好像沉醉其中，偶尔还会进行平等的认真反馈。我们通过眼神来交流，并且都很享受这个过程的美好。它时时都在向我传达温情与爱戴。每当我看向它，这个年轻而热情洋溢的小生命，总是乐此不疲地向我传达新鲜而令人惊讶的信息，好像它是第一个发现地球的狗，我们正处于创世之初。在黑暗中行走的人类，有时会很羡慕狗那种淡定的快乐。我认为，如果一条狗遇到了好主人，它要比主人更加幸福。

运气的神殿

一

在这天赐美景的地中海，舍弃在星光璀璨的夜晚散步的机会；放弃了在日光明媚的沙滩上嬉戏的时光。对于我，这难道不是一种极大的牺牲吗？只是为了来到这个在喧闹中最华丽绚烂、设计独特的神殿，向这个世界中最神秘之神请求赐教。

这座神殿，沐浴在海天交相辉映而产生的耀眼夺目的光辉中，矗立在蒙特卡洛的一块岩石上。花园里盛开着春夏秋三季的花朵，虽然是秋季时分也依然令人陶醉入迷。门栏前撒发着香气的灌木丛已经感到了季节对它的威胁，但是还是满脸带笑、芳香扑鼻。橘树最为讨喜，四周簇拥着棕榈树、柠檬树、含羞草，都在向它欢呼。人群踩着神圣的台阶走向神殿。但是，在我看来，它的建筑风格索然无味，令人讨厌，简直糟蹋了这个宜人山冈，还有这令人着迷的碧绿翡翠般的海湾,就连环绕它的草坪都会感到委屈。它更配不上它所庇护的神明,也降低了它所代表的意义。它让我想起了虽然外表华丽,骨子里却依然爱阿谀奉承的小人,那些傲慢无礼却狗眼看人低的势利小人。这座神殿建造得结实而巨大,然而仔细看会发现,它就好像那些伟大展览中的宫殿,片刻华美而已,表现出来更多的是自命不凡和苛刻吝啬。难以想象,威严的命运之神怎会被安置在一个像包裹着果脯和蛋糕的城堡里。我猜想建造者之所以把它建得滑稽可笑是出于担心太过严肃而吓跑信徒的原因吧。难道他们期盼人们可以相信,最亲切友好却轻率、反复无常、而又毫无恶意,并不严肃的神明们,会在甜点师擅长的蛋糕内,端坐在宝座上,等待着朝圣?这是绝对不可能的!这里本是一位神秘严肃的神明,他本该是在严峻、简朴、雄伟、庞博的大理石宫殿掌权。他拥有高高在上,势不可挡的智慧和力量,必定神圣、冷酷、棱角分明,极其严格,他的统治必定和谐而稳定。

二

神殿的内部和外部一样让人失望。宽敞的房间内的华丽装饰显得陈旧不堪。运气之神的辅祭看起来像是个乏味冷漠的收赌注的人,也像是个身着盛装的小店员一样。他们根本不是高级的大祭司,而只是"危险地带"的小办事员。里面的宗教仪式器具也是庸俗平常:几张旧桌子,一些破旧的椅子;每张桌子上都有一些像碗或者圆桶的容器,它们在中心旋转,你会发现里面有颗小小象牙球向着相反的方向滚动;旁边还有几副纸牌,仅此而已。你会很容易地想起那托擎星球使之悬挂不动的力量,那种无法度量的力量。

那些虔诚的敬拜者挤满了桌子周围,他们的眼中充满了希望、信仰,你可以看出每个人深藏心底的悲喜剧。这里凝聚着让人不安的空气,人们在这里更彻底地挥霍着他们的力量和激情。这里显现了世界上最为可怕的凶兆。在其他地方，物质财富和出类拔萃的智者可以创造出很多奇迹，变得更加有力，更加美丽，更加卓越，创造更多爱的机会。而在这里，我们星球上最为珍贵的液体，却消耗殆尽，这罪恶的浪费。这股毫无益处的力量好像被封闭在这个致命地带，它不知方向，没有目标，找不到出口，又无所事事，像被诅咒的游魂在桌子上徘徊飘荡，笼罩了整个房间，营造出紧张而又让人窒息的气氛。一种毛骨悚然的静寂，好像暗示着将要来临真正的狂热。有个声音打破了这死一样的寂静，他就是运气之神的小簿记员，他操着浓浓的鼻音宣布神圣的套话：

"游戏开始，先生们，游戏开始！"

这个时刻，你要向隐藏着的神明献上他要求的祭品，他才会现身。之后，人群某处伸出一只手，充满自信地奉上了他一年的劳动成果，孤注一掷地押在一组看似必定成功的数字上。其他敬拜者好像缺乏信心，但是看起来更加狡猾而谨慎，抱着试试运气的心态，把赌注分成几份，对桌子旁边的厉害角色和现场情况分析之后，洋洋自得地下了多头赌注，分别押在他们觉得有可能给他们好运的各种可能性上，进入这明显的复杂陷阱之内。

这些人就这样再次将自己的幸福或者一个重要的东西随意押在一些变化无常的数字上。

就在这个时候，那个人又说了第二句套话：

"还有什么是做不到的吗？"

这意味着，一直隐身的神明要传教了！这个时刻，结局已定，所有的一切都取决于那简单绿布上，面纱下的结果，有一只眼睛可以清晰地看到。很少有人下单个赌注，谁今天不惜血本，谁明天就会血本无归。即使是没有发生，但至少是有潜在可能性的。你看那些躺在桌上闪闪发光的黄金，曾经会是怎样的模样：也许是一片金黄色的玉米地；或者是月光下，树林草地上的乡间小屋；

城镇上小商店里每天埋在账本里的会计的一年收入；雨中劳作农民的酬劳；数以百计的女工在工厂里没白天没黑夜用命换来的生活费；矿工冒着风险挖出的宝石；造船厂和船上水手的半生所得，也许更多。他们的快乐、痛苦、不公、残酷、贪婪、罪恶、贫苦、爱情、荣誉、眼泪，所有的一切都在那些注定带来在难得轻薄易损的废纸片中，也许是穷极一生都无法挽回的。这些筹码和纸牌只要发生轻微的胆怯而犹豫不决的变化，都将给真实的世界里，人们血液和心灵中带来为之一振的影响。你会眼睁睁地看着父母故居被他们拆毁，老人的椅子被夺走，会有一位新的地主来接管村子，关闭工厂，孩子们再没有面包，切断生命的源泉，利用时间与空间的无限性，打破从不间断的因果链条。在整个房间里，根本听不到这些令人瞩目的真理呢喃低语，他们根本没有话语权。这里已经被沉睡的痛苦之神所占领，而且远远超越了报仇女神的力量，他们苏醒和痛苦的叫声被深深埋藏在人们的心底。双手巧妙玩弄铅笔的人们，每触碰一页纸的时候，眼睛才会片刻凝视。房间的上空有一朵不祥的云朵在飘荡，悄无声息，似乎在挑选一些牺牲品来祭奠神明。

  这里听不到任何的闲谈，好像是在上演无声的哑剧。这里是上演窒息搏斗的场所，每个人都在望眼欲穿地等待着。这是一场静寂中的悲剧，结局会是令人绝望的失落，周围的一切都沉浸在谎言的气氛中，谎言吞噬了一切，这里只有欺骗。

四

  圆筒中的小球旋转着，好像要把所有美好的事物都卷进去摧毁掉，它拥有恐怖契约，获得了巨大的威力。它每一次神秘的转动的目的就是带走契约中规定的东西——金钱价值。其实抛开金钱偶尔会引发的罪恶行当，只考虑其本质，是个极为典型的象征价值的符号：它极大程度是代表着人类辛勤劳作和牺牲付出的成果。当然若能用更高的理想取代金钱的价值，从而彻底消除其价值是值得赞扬与褒奖的；相反，若拿走其价值而没能拿出等价的事物来代替，就是赤裸裸的欺骗，是破坏人类进步的犯罪行为。

现在，就在这个神圣的房间里，眨眼之间，十年的奋斗拼搏，十年的勤勤恳恳，十年的耐心忍受和辛劳苦干，瞬间全部失去了意义。这些双手创造的价值，在这里却成为了公众嘲笑的对象。好像小孩子得到的玩具，片刻的新鲜带来的欣喜过后，就变得微不足道。希望这种惊世骇俗的现象只单单发生在这块岩石上，不然世界的各个角落都会无一幸免，最终都会成为"祭祀"的牺牲品。它就像是麻风病一样，现在被隔离着，但是它灾难性的影响却不容小觑，虽然远隔万里，也难免早晚会受到影响。它的势头强劲，不可避免，势不可挡，好像在处心积虑着一个更大的阴谋。

我发现，这是个被诅咒的神殿，这里的信徒都被黄金泯灭了良心，被利益冲昏了头脑，正想逃离这里的那一刻，不禁愕然周围发生的一切。命运神殿前照料花床的园丁，篱笆前的可怜的护卫，怎会只满足于那可怜的微不足道的薪水。而在神殿大理石台阶上，靠出售廉价的橘子、杏仁、坚果、火柴维持生计的老太太，每天置身于熙攘往来，利欲熏心却输得一塌糊涂的赌徒之中，她会是怎样的心情。

五

在我神游万象浮想联翩时，那个神奇的象牙球放慢了速度，像一只烦人的虫子，在四周的 37 个隔间上下进行跳跃，同时牵动着所有关注者的心弦。这将是一个不可变更的裁决！啊！此刻人类引以为傲的眼睛、耳朵、大脑的弱点，在这小球的面前展露得一览无遗。这个不可思议的秘密成为了世界上最基本的法则。就在这 3 尺长的战场上，宇宙的奥秘挫败了人类的智慧。从小球转动的那一刻开始，到它落入决定命运的洞穴之时，人们一次又一次地承受着使他们灰心丧气的具有象征性的打击。就是这么幼稚可笑的行为，打败了周围的所有信徒。桌子周围聚集了每个时代每个国家的天才们，科学家、智者、圣人、数学家、预言家、占卜师、神学家，他们运用理性的思考；严谨的推算；祈求那无所不知的神明；请求那惊世治国并渴望洞察世界的思想，他们几乎用尽所有的智慧，只是为了寻求那个唾手可得的神秘数字。小球上的数字已经近在眼前，只等它停止这个赛事，这个连小孩子都可以解答的谜题，将证明他们的所有努力都将付诸东流。"庄家"所有力量和信念，都是那些莫不关己的、倔强的、百战不殆的同盟者所给予的。运气之神的绝对智慧，都体现在人类无法预测，而转瞬即逝的事情上，无人猜到，无人可得。如果在几乎 50 年间，在这鲜花覆盖的演示上，进行这可怕而又可笑的实验，哪怕能有一位，在一下午的时间里，每次下注时都能准确地预测小球的归属，揭开它神秘的面纱，那么庄家就会被击败，这项事业当然会销声匿迹。可是这拥有神力的人从来没有出现过，庄家清楚地知道这个人永远不会出现在这个战场上。所以我们明白，不管你多么骄傲，多么不可一世，充满希望和期待，但是在某些方面你依然一无所知。

六

按照赌徒们的理解可以说，其实运气之神根本就不存在。他们顶礼膜拜的神明根本就是个谎言，每天以不同的形象出现在崇拜者面前。每个人都向他祈求，希望得到神的青睐。赌徒们通过自己的纯粹空想，以为运气之神青睐某些数字，就总结了自己的规律、习惯，甚至喜好。实际上以整体而言，这些都是矛盾的，完全不存在的。还有赌徒认为运气之神遵循着某些容易掌握的规律。还有些人觉得运气之神是正义的，最终会实现机会均等、价值均等。还有些人认为运气之神不会总是用无限期地为了庄家的利益只遵循一个简单的机制。如果我们试图总结这个轮盘赌博法典的话，那是永无尽头的，因为它根本就是个虚幻的骗局。

的确，有时如赌徒们所见，实际存在着某些同样的有限意外进行无限次重复，这些重复自然而然构成了一种巧合，他们好像发现了这个虚幻的法则，他们是被迷惑了。一旦你上当受骗，开始遵循这个所谓的法则，就会发现它并不是真实可靠的。你把所有的信任给它，并且倾你所有地求助于它，就在这时，它拿了你的所有后拂袖而去，消失得无影无踪。你的面前会出现一张你从没见过的脸，而它的背后便是你一直奉为神明的运气之神。

其他情况，大多赌徒心存幻想地聚在绿布战场前，他们自觉地，本能地相信这根本没有道理的规则。几乎每个人都在说服自己去相信，真的有一个运气之神，并且他是公平的，他预先安排好了属于每个人的好运和不幸。所有人都心存幻想，这个小小的象牙球真的具有魔力，存在着不明确但是貌似可信的关联。就是这颗小小的象牙球，承载着人们的热忱、欲望、贪婪、智谋、美德，或者其他的道德力量，它关系到人们的美丽、天赋、存在的价值、他们未来的生活是否幸福。而这种关联是否真的存在呢？他们祈求这个刚正不阿的小球的裁决，希望自己拥有超自然的能力。和这些人的喜怒哀乐相比，小球儿有真正的任务要完成。它只有三四十秒的时间，它被要求遵循更加永恒的原则，来解决无穷尽的问题。这就是它的基本职责，这绝对比让那些人类理解更加重要。它的使命是伟大而重要的，在短暂的生命旅程中，它必须要让两种不可理解、无法控制的力量协调一致。这两种力量是宇宙的两种形体精神：离心力和向心力。它必须对应重力、摩擦力、空气阻力和所有物质现象的一切法则。同时，它要关注到大地或者天空中的微小事件，也许是一颗星的升起或者陨落，再或者是有个赌徒离开了战场，它都要重新开始全新的数学运作，修正调整。它根本没有时间去扮演善良抑或邪恶的女神，因为所有的善男信女的需求都随它运动，它不能忽视任何一个细节。最后，当它到达目的地，完成自己的使命时，就像月球或者其他冷漠的星球一样，庄严地挂在晴朗的碧空中，照射这地中海那蓝绸般美丽的海面，闪闪发光。我们把这项长久而神秘的工作称为运气之神，没有其他的名字可以更加贴切，因为我们根本没有理解过它，并且永远无法理解它。

宝剑颂歌

一

人类一直以来都在如饥似渴地追求正义。人们会根据各自的生存所需,用千般方法在头脑中勾勒出正义女神的形象。一般都是通过经验积累,有时是明智的,但有时是迷信的,异想天开而已。这位女神是捉摸不透的,居住在精神层面的神明,她最为鲜活地存在于我们的心灵深处,除此之外无处安身。换种说法就是,有越多的神殿用来供奉她,她的实际力量也许就会越衰弱。天破晓,她也许没有殿堂居住,可是她可以居住在我们的心中,善良的内心永远是她的供奉之所。若有一日,一片寂静,正义女神会真正地发挥她的神力,因为寂静正是她生命中的精髓所在。更多的时候,我们希望可以通过更多的途径感知到正义女神,我们希望能够听到她的声音,所以我们赋予了她人的声音,一种庄严的声音。而当她沉寂在我们的心中时,我们再听不到她的声音,再感知不到她的存在,我们甚至开始质疑自己的内心。我们的存在本身源自碰巧产生的一部分,存在着太多不确定性,我们只能相信命运与上帝和正义是有着紧密的关系的。

二

由于存在这种永无止境的需求,在人类对于正义还处于往昔蒙昧无知的岁月里,人们把审判和伸张正义都交托给了上帝。时至今日,即使我们对神明的设想和认知在根本上发生了变化,可是对正义的追求仍然如饥似渴,虽然它是触及不到的,但是人类的追求是更加的深远、普遍,我们仿佛已经看到她戴着半透明的面纱缓缓而来。我们含糊不清、无限迷惘的内心,导致我们无法裁定事情,若没有上帝的指引,我们根本无所适从,无法作出嘉许或是谴责的正确判断。对于决斗或者争论的裁决,等同于把这一重任交托于未知的希望、运气或者是命运来决定。从生命神秘莫测的观点来看,我们需要一位以善良或者邪恶的名义站出来表态,指出我们是正确抑或错误。

出于不可磨灭的人性,人类目前遭遇的一切事情,都体现了诸多的荒谬和幼稚。这个被束之高阁的问题,这种至高审讯,虽然没有清晰的正义之光的启迪,但是我们绝不会放弃,必须坚持探索,只要还没有找到清晰的方法来衡量是非,判断对错,衡量基本的原则,以及两种互相对抗的命运之间的不等,我们就绝不放弃。

三

快从这些幽灵游荡的险境中醒来吧,回到现实的观点上。无可否认,决斗,为分辨对错提供了一种可能性,这就说明一个人可以在法律之外寻求正义。我们为了满足无法否认的一个需求，在整个过程中遵循了一定原则。对人们来说有种本能是非常宝贵的，那就是无论在任何环境下，自己的宝贵权利都不能受到剥夺，而我们生活的社会，现在还不足以给我们提供足够的保护。所以人们才寻求一种独立的保护。

我认为现实生活中有很多例子，可以证明社会提供的保护是不足够的，这里就不用一一列举了。相反，要是列举社会所服务人民的，倒要花很多的时间去搜集。这难道不是讽刺吗？当然不可否认，对于不能被法律保护的柔弱不堪、毫无防御能力的人来说，他们期待着会有所转变；而对于那些可以保护自己的人来说，没有改变才是最好的情况，因为他们觉得被过分的保护往往是一种束缚，个性和独立的人格会被压抑。请记住，我们生存的世界充满竞争，且存在着一个不变的定律：弱肉强食。大自然之所以存在不是毫无缘由的，我们必须小心翼翼，时刻提醒自己，不要完全丧失了我们骨子里保留的祖先的原始本性。若要抑制过分流露的人类的原始本性是明智之举，那么在原则上有所保留就是最为审慎的行为。对于这个未知的宇宙，我们无法推测到自己的命运和外来的威胁，我们甚至是前途未卜的种族，也许当我们完全丧失复仇、怀疑、怒气、残忍、好战以及其他所谓的错误精神时，大难将会临头。你会发现，那些响亮的名声、高尚的美德，根本不能帮助我们击退强大的敌人，反而那些被谴责的人类缺陷或者恶习才能让我们保护自己，取得胜利。

四

有一部分人不允许受到冒犯，同时又可以免受责罚，对整体而言，我们有必要赞扬他们。他们在这个社会中保持着一种法外正义的理念，这理念使我们受益匪浅。也许没有他们的这种精神，一切也许都会消失殆尽。令我们感到遗憾的是，他们的人数只是小部分，并不是大多数。现在存在这一批温婉驯良的好脾气的人，他们有能力去责难别人，但是他们却选择去宽恕，这使社会上摩拳擦掌随时准备作恶的人变得更少；其实几乎四分之三的犯罪的人，都是觉得他们肯定会免于责罚。这个时候，出现了一批人，他们能够抵抗免受责罚的非正义事件，他们责无旁贷，扛起重任，用暴力手段达到这种目的，从不袖手旁观，保持住一种模糊不定的敬畏和尊重。这种敬畏和尊重，使一些不幸的人，虽然手无寸铁，但是可以在这个鱼龙混杂的社会中活着，自由呼吸，不再害怕那些卑劣小人。就这样，这些人重塑了普遍存在的正义。即使他们的本意只是想自我防卫，守护自己的利益不被侵犯，可是在广义上他们守卫了人类最宝贵的遗产。绝大数的案件中，法律介入后的后果并没有使事情变得更好，更公正，有时却起到了反作用；因此我们需要等待法律的改革，使之变得更简洁、更实用、花费更少、更为人所熟知。当然在法律变得如我们所愿之前，对抗那些真实存在的邪恶，除了拳头和宝剑之外，没有更好的选择，尽管在法律规定上根本不会提供这项选择。

五

虽然拳头迅速而直接，但是不足以解决一切的问题，尤其是严重的犯罪时，我们发觉使用拳头简直可以被认为是太过仁慈，也太杯水车薪了；用拳头解决问题还是显得有点粗鲁，而带来的结果也是令人厌恶尴尬的。拳头显露的内在特性好像只有残酷和野蛮，它也是最盲目而且不平等的武器。两个不相配的对手对战，一方使用拳头，而另一方若想有十足胜利的把握必定要用棍棒、刀具或者左轮手枪来实施报复，显然拳头丧失了它的优势。

在有些国家，使用拳头是获得允许的，比如英格兰。这些国家会开设拳击课程，统一教育如何使用这种奇妙的方式，同时消除了使用拳头双方的不平等；同时，对俱乐部、复习陪审团和法庭裁判整体而言容易出现分歧，时而赞成使用拳头，时而反对。

在法国使用拳头是件不光彩的事情。早在远古时期，拳头就被宝剑所替代，宝剑被视为是无可争议的伸张正义的工具。灵敏、严肃、优雅、精美的宝剑曾被认为缺乏公正性，而且不能证明任何意义。这个说法我是完全不能苟同的。首先，它证明了面对危险时我们的态度和品质，而这种态度恰恰就是，我们在面临各种良心责难和激励时的态度，所以这本身就意义重大。当然我们内心中存在各种混合着人性特点的假想，它们就埋伏在我们真正的良心周围。其次，没有任何一种工具自身就是公平的，只有人类赋予它意义，可以使它变得公平、正义，当然这个过程也会受到外界的影响，也会有弱点，也会犯错误，这是不可避免的。剑术对于每个人都是公平的，只要你身体健康，就可以掌握使用宝剑的艺术。你不需要拥有出奇的天赋，不需要强的肌肉力量，也不用格外的灵巧度，只要每周投入两三个小时，不久，你便会发现自己的身体更加柔软，剑术也更加精准。正如宇航员所说"个人观察容许误差"，要想在个人剑术方面达到平均水平，同时想达到总体的平均水平，而这种水平只有少数受过训练的吞火表演者可以达到。另外还有一些每天无所事事，花费大量时间在练习剑术上面的人才能超越，其实是个极其痛苦，代价巨大的过程。

六

如果可以达到这个平均水平，我们就可以把自己的生命依附于这单薄而又锋利的宝剑。宝剑具有神奇的魔力，能让两个力量悬殊的对手有出乎意料的战果。正义的侏儒可以战胜邪恶的巨人。暴力如洪水猛兽般袭来，宝剑优雅地化解并升华到新的境界。人类曾经用重量、规模、数量以及物质的愚蠢组合，将原始的野兽阻拦在外，当然这种力量与地球上的卑劣、无形而又残暴的品行毫无关系。宝剑和拳头之间具有好似浩瀚宇宙的巨大鸿沟，它们之间相隔了几个世纪的海洋，差别之大好比人与兽的区别。钢铁铸造的宝剑体现着智慧之光，它使思想引领肌肉，使思想尊重肌肉。宝剑理想又离奇梦幻，实用而又充满善意。它吸取日月精华，闪耀夺目，如闪电般清晰，却如月光般含蓄，变换多样，难以捉摸。它时而忠信仁义，时而狡诈虚伪；它有时反复无常，有时又会一笑泯恩仇。宝剑，恰似精灵世界的一座桥梁，横跨在漆黑的深渊之上。宝剑就是理智、勇气、正义的化身，美化了罪恶，体现了对危险的蔑视，展现了人类为爱和理想的牺牲，对于整个原始混沌的世界进入这个道德世界起到了主导作用。为了捍卫智慧、力量和正义，宝剑是最直接且容易驾驭的武器，这种武器势必是要发明出来的，它是人类发明的最卓越的武器，也是最忠诚的武器。在复杂多样的人类社会中，在服务于最纯粹的人类需求时，宝剑发挥了最大的作用。

七

剑术的判决并不是提前预定好的，也没有机械式的设计，更没有什么数学公式可以推算，这是最激动人心的地方。它并不是娱乐节目，却也是机会和知识的神奇组合，但是你猜不到自己的命运。剑术几乎是神秘莫测，会让人迷茫，人类乐此不疲地在自己能力所及的范围内探寻着自己的命运。

力量相差深远的两个人面对面，这种事情是常见的，并不是不能避免，但是还是带有运气成分，事实上，并不是体力好、剑术高的一方就一定可以胜利。一旦我们对自己控制自如，游刃有余，和宝剑达到某种程度的同一，到达剑人合一的境界，必定可以超越对手。我们可以通过剑感受自身的特质和不足，它可以体现坚定、热情、果断、正义，同样也可以体现犹豫、烦躁和恐惧。我们刻苦训练，培养和宝剑的默契，以求达到一种运用自如、无所不能的高度和境界。只要我们赋予它所有的一切，宝剑一定会不负众望，反馈胜利。由于人类自我防备的责任和本能，在战斗的时候，我们没有任何自责的理由。在生命受到威胁的时刻，我们被迫要冒生命危险时，宝剑正是我们身体的一部分，但是它的含义远高于此。它以我们所能期望的最优秀、最庄严的方式，融入我们身体的一部分，就在命运不知何去何从时，它使意识所能支配的一切身体能力直接服务于内心深处的某种神秘个体。

　　由此可见，剑术并不只是拥有两种力量和智慧的两个独立个体的针锋相对，它同样代表了两种机会、两种运气、两个迷和两种命运。这使人们想起了《荷马史诗》中的希腊诸神，他们主宰着战斗，人类四处奔走，无处闪躲，总是硝烟四起，永无止境的战争。宝剑拼杀的声音，就是在敲响命运的大门。四处笼罩着死亡的阴影，手持宝剑的人觉得他将会逃离从前的一切束缚，他不再遵循一切的规则，而是任由某种力量的驱使，自由地挥舞宝剑。他手中的剑完成了自己的秘密使命，在宣判刑罚之前，它已经进行了最终的裁决。我们面对这个惊人的谜团，就像走火入魔一般胡乱挥动着手中长剑，就凭只一点，我们的命运已被注定。我们也用手中的剑宣判了自己的罪行。

死亡与皇冠

一

1902年的六七月份上演的一出悲剧可谓是发人身省的作品。说实在的,在我们短短的人生旅途中,这样的悲剧每天都在身边重复着,即使是这样,依然没有人察觉到。它们由于有所保留所以没有人去驻足观看,直至这出戏剧被搬到了庞大的舞台上,而且是由皇家演员出演,更显得伟大和严肃。这个舞台上演的是一个民族的所有思想。

这使我想到一句出自现代剧里面的台词:"我们必须在平淡的生活里加点什么,才能理解它。"我们可以理解为,命运能够增加的是人间最为荣耀的皇冠,它代表辉煌与权力。就在这皇冠的耀眼光环下,我们能看到一个人的内在本质,同时,当自然法则剥夺了他的一切时,这个人要如何面对审判。自地球上有了人类开始,我们在面对困难时总是会相互帮助,援助弱者,有种力量来自爱、怜悯、宗教与科学，在那个时刻会发挥到极致。迷茫在未知的领域，人类在斗争中仍然互相扶植，可是还是注定了一场无可避免的至高无上的征战。肉体与道德，这两种不同形式呈现的力量的争战，至今还在主导着人类。

二

英王爱德华七世，这个著名的命运之神一时兴起创造的牺牲品，一生彷徨在死亡与皇冠之间，无所适从。两个月之间他被一个邪恶的游戏折磨着。空中好像有两只无形的手，一只手为他戴上得来不易的侥幸留存的皇冠；另一只手牵引着头戴最高殊荣的他，在死亡边缘打转。他满头大汗，却无力反抗，被迫面对寒冷阴暗的坟墓。命运的安排永远不会让渺小的人类了解到它的奥秘。

假如可以从更高的角度来审视这个问题，你会发觉生活中无数的逸闻趣事很容易理解。很多人都认为这个悲剧只是一个富贵的君主的悲剧，其实不然，这里上演的是整个人类社会的悲剧。在一个君王遭受了自然的打击时，千百万的人把自己希望和梦想的碎片寄托在他的身上。那些远离命运掌控的希望和梦想都是人类无法企及的。就在这讽刺的时刻，有人声称他们制造了可以和地球上至高无上的自然法则对抗的超自然事物，他们想借此重建信心、得到安慰。他们想依靠那些再普通不过的东西逃避痛苦和脆弱。这简直是荒谬之极！这种悲剧出于人的本性，牵扯人类薄弱的意志和四周未知的强大力量，普遍又持续不断地在我们周围上演着！你可以在这悲剧中看到人类思想和精神的小火苗，与自然界另外一种力量——巨大的物质的对抗。这出戏剧想让人们意识到它的存在，从来没有停止过上演，而且其中蕴含了无数种可能发生的灾难。它就存在于每天盲目而杂乱的生活中，想用各种奇思妙想来提醒着无知的人类。

这次，便是一次更为波澜壮阔的戏剧要上演，它处于人类可以发展得更高的舞台，灯光四射，照亮舞台，你可以看到人类的所有渴望、愿望、恐惧、无知、祈祷、疑惑、错觉、意愿和注视。最后，所有的人类都要在这庄严的思想山峰下顶礼膜拜。

三

照亮之处，我们终于可以看清虚幻与现实，戏剧渐渐闭幕，我们知道了自己到底拥有的是多少。我们在聚光灯下那个人身上看到了所有人的信心和悲惨，那可怜的人儿。我们不得不承认，在自然法则面前，人们的渴望，炙热的愿望，热烈的爱都是软弱无力的，剧情不会有任何改变。这再一次表示，当人类面对自然的时候，在道德和情感中寻找防卫根本是无济于事的，我们必须向另一个世界寻求方法。最有帮助的做法是，紧盯山巅即可，不要再寄希望于毫无用处的诅咒和魔法上！

四

在这场戏剧中，有人看到了全能却带点邪恶的上帝，他得意洋洋地操纵着万物，却嘲笑着人类可怜的些许荣耀。他无视于这悲剧的发生，也是默许它的发生，我们看到了他嘲弄的手势。他在惩罚我们这些忤逆者，因为一直以来人类并没有承认他的隐秘的存在，没有表示出我们更大的顺从和臣服，不愿彻底了解他高深莫测的旨意。人们真的错了吗？那么请问在黑暗中凌驾于我们之上的那位从不犯错的又是谁呢？请问这位比人类更完美的上帝为什么有如此要求呢？毕竟一个完美的人从不要求他人的完全屈服。对上帝的信奉是人类甘愿接受的，人类愿意按照上帝的旨意去行事，奉为神旨，而对上帝的信仰已经成为人类的唯一美德和基本需求。上帝曾经赐予人类的完美标准之一就是"理性"。如果说上帝的发怒是因为人类不理解、不服从他，那这是不是说明为了靠近上帝，人类就必须失去基本理性，放弃这一人类宝贵的特权，才能得到他的庇护，这是不是有失公平呢？现在这个悲剧，是不是上帝给我们的一个重要信号，迫使我们的理性为之屈膝？若真的像那些传递上帝旨意的人所说的那样，上帝深爱崇拜他的人，那么对上帝的专一崇拜就简单多了。我们一直在等待一个明确的信号和象征来表明这一点。上帝的光总是在人类的至高点上，伴随着热情，伴随着更多的纯净，闪闪发光，我们希望上帝之光可以直接反射，点燃渴望真理的热情，难道我们没有权利更接近一点吗？

五

就在其他人还在思考，这位可怜的国王，在通往辉煌的宝座前气喘吁吁，他就像一个饱受煎熬的牺牲品，被那些善于攻击的敌人无情地破坏了。他就在尊贵的宝座之下，他的皇冠被命运之神无情地搁置在痛苦和不幸之上，可望而不可即。

这个悲剧再一次证明了人类的无用和可悲。我们不断地东奔西走，想尽办法，只是在证明一句智慧之言：虽然我们付出一切，我们一直是，也许永远都只是"沧海一粟"，犹如时间长河里的一滴水。我们永远是微不足道而渺小的生物。有人说："信上帝不如信他的影子。"这是个神秘的法则，它有时候代表正义。在人类的历史长河中，这个法则无数次地被验证是存在的，而且是它维持了相对井然的秩序。也许就是这个正义观对邪恶的王国和暴虐的君主实施惩罚。

人们有各自的发现，他们发现自己根本没有犯错，所有的一切就这样地发生了，在我们周围，存在于我们的内在，所有我们不能理解的未知的力量和行为，在不久的将来就会被接受。冷漠与虚无，这对同胞兄弟也会随之而来，像幽灵一般混迹在我们生活里。

六

我们本身应该面对幽灵是存在的事实，它们可怕却具有诱惑力，虽不能通过感官察觉，但是本能的预警能力提醒了我们。首先，让我们回顾一下这精彩戏剧的情节，这才是最为人性化的部分。那可怜的人最重要的时刻将要来临，庄严之死和虚幻皇冠都希望可以占领这个独一的目标。权利轮番来访，驱赶死亡的同时又拉近了虚幻，保住庄严又会失去皇冠。最终脱离地面疆界的权利在幽暗的云层中心强化扩大。突然，无形的敌人来袭，打倒了那个人，这时局面失去控制，其他人蜂拥而上。他们是科学的王者，开始怀疑那幽暗之云，其他人却无察觉。他们才不管到底是谁阻拦了自己推举的君王的道路，不在乎是上帝、命运之神或者正义，这对他们并不重要。他们认为自己是人类理性和纯粹理性的使者，并且胜任这个职责。他们发现了在浩瀚宇宙中漫步的早已自我抛弃的纯粹理性，并且剥去它的感情、幻想等一切不符合它身份的成分，只留下了纯人性和兽性化的理性之火。他们仅仅凭借天性赋予的小小力量，就完全确认每个人都可以征服自然。人们手中的火焰就像化学家的吹管，虽然火光微弱，范围小，但是准确、专一、难以扑灭。就是这些无数的微小的准确的观察点和事实点燃了理性之火。虽然人类的理性之火只是在未知的领域里点燃了几个无关紧要的点，却不迷茫，星星之火可以燎原。理性之火，它时时关注着人类，提出引导，指引方向，最终到达曾被我们认为超自然力不能影响的那个地方。面对同样的谜团，曾经它还是四处乱窜、疯狂错乱的样子，它的光根本不能照亮那黑暗的角落，现在不到两三年，它好像悄悄地改变了自然界的秩序，使历史和命运悬置在半空几周之久，最终使它们消失在宇宙中。我们不再需要用天命难违，宿命不可征服来劝导失败的人们。从今以后，上帝、命运、正义或者其他在宇宙中被人类顶礼膜拜的神明，如果想要和从前一样，畅通无阻，只有另辟蹊径了。它们会看到越来越多的裂痕，从中看到人类理性之火的喷射，之后望而却步。

  让我们来总结一下吧，这部戏剧告诉我们：在面对自然意志的操纵时，人类最美好的道德力量，爱、怜悯、祈祷，都是不堪一击，软弱无力的。突然间，为了维持思维在某种程度上的平衡，或是作出了弥补，另外一种力量出现了，或者说是一种火焰改头换面，再次登场，光芒四射，所向披靡。人类还是选择了可靠的信念，而抛开了虚幻，这使我们在诸多无意识力量领域更上一层楼。这次上演的虽然是一个悲剧，充斥了不幸和痛苦，但是它是伟大而珍贵的作品，因为它从另一个角度提醒了那些在命运中已经失去信心的人，前方总会有一道光指引你。

论民主选举

一

万事万物都在证明一个道理：无限风景在险峰。只有在人们恐惧地探索思想极限之后，才有真正的终极真理。伦理学和实证科学都可以证明这一点，从政治学的角度阐明也是无可厚非的，因为政治学只是伦理学的延续。

自从人类以一个偶然事件来到地球后，就一直像是侨居者生活着。人类情感和理智的发展，总是被种种偏见所抑制，尤其是宗教偏见。人们总是不断在大脑中为自己构建一个个高峰，可是现实却让这些高峰相继倒塌，逼迫人类必须面对真正的自己，重新评估自己，摆正位置，调整要完成的目标。人类开始发觉自己好像在做一个毫无意义而又没有结果的游戏，对于一些事情，单纯凭借人类的智力根本得不到合乎逻辑的结论。我们总是劝慰自己，有志者事竟成，罗马不是一天建成的，可是同样由于这个想法，我们在短短的人生旅途中总是走走停停，耽搁了大把时间和精力，只换来小小的成果，得到片刻的安宁，最终，碌碌无为。

人类前进的动力和起因，就是处于爱走极端的天性，追求永不满足的理想。我们不断地突破自我，突破极限，好像只有这样才能证明我们的存在，对极限的渴望，才能成全我们过上理想的生活。正因为人类自己启迪的本能，人们慢慢放弃了中庸之道，不再想虚度光阴，越来越多的人开始不约而同地走上了需求真理的路。

二

当然这并不代表，我们拥有极端倾向的美好理想，就必然可以达到我们确定的必然。其中还是存在偶然的，因为通常事物都存在两个极端，就像是正负两级，无法分辨哪个是真正的终极目标。在道德方面，存在两个极端：绝对自私和绝对利他。在政治上，同样也存在两个极端：想象中"可以指引保护人民的"最佳的政府和绝对的无政府。从提出至今一直没有作出最终的选择。尽管如此，绝对利他比绝对自私更加难以做到，却更接近人类的目标。同样的道理，和行事谨慎而完美无缺的政府相比，无政府状态更加难以达到，同样也是理性的完美目标。即使再完美统一的社会主义政府，也难免会出现一人只手遮天的情况，我们完全可以推测这点。我们头脑中勾画的完全服务于他的无政府形态，就是个极端形态，要绝对完美的人才能完成。所以现在我们全人类要发展的方向就是成为完美的人类。回顾过去，我们现在的所有成就来自那些敢于挑战、冲破极限的人，他们累积的经验告诉我们不能畏首畏尾、坐井观天，必须要展望未来，高瞻远瞩，勇敢地面对未知的未来，即使会被误解怀疑。在迷惑不解时，我们只要遵循那些曾被误解的宽容的前人指出的极端方式。如果有人心存疑问：人

类现今如此不完美,是否可以得到一定程度上的最大限度的自由。我们的答案是:

"那些所有思想方面具有超前意识的先驱者,他们打开了束缚人类自由的枷锁,在他们看来就是有些人是配不上这伟大的自由的,但是他们还是天生有知的。人们滥用自由之后才慢慢开始拥有合理使用它的能力。只有心怀高远,才能最终登上险峰,享受美景。"

对自由是这样,对其他人权亦是如此。

三

这条原则也适用于民主选举制度的建立。很多现代国家都纷纷摆脱了专制统治,通过有限选举产生政府,其中不乏有钱人和贵族,之后取而代之的是通过民主选举产生的人民政府。这个政府的建立几乎是全方位地代替之前的腐朽统治。通过回顾,我们发现这个演变是个普遍趋势,而且一成不变。这样的政府方向在哪里呢?会退回到专制统治时代吗?还是会逐步完善走向完美呢?也许会成为少数精英被选拔出来引领民众,也许慢慢会成为完美的无政府状态?结果我们无从得知,因为现在还没有一个国家走出全民选举这个时代阶段。

四

现在世界各地都在推行着极端的积极法律制度,人类认为这是一种进步,步伐紧随一路赶往各国政治都认为是最理想阶段的民主选举。其实,在我看来,一定存在着更为理想的形式,只是现在人们被民主选举的热衷蒙住了双眼,看不到其他结果。另外,民主选举只是一时之选,它根本不是最理想的形式。但是人们对它还是抱有自己的幻想,目前只有它可以吸引人们的关注,给人们以希望。人与生俱来的正义感,希望国家可以走向民主方向,服务于大众。由此可见,不管民主选举这个目标是好是坏,但是现在必定是大势所趋,无可厚非。现在这个理想就是全民的理想,任何阻碍着国家向这方面演化的事物都是暂时的障碍,任何完善的企图都变得虚假,沦落为谬论。它就是芸芸众生的理想,任何普遍而迫切需要实现的理想,都应有权被实现。即使我们看到实现后,并不是我们所期望的,到那个时候,再对其进行完善,甚至替代。但是前提是,必须实现。同时,作为政体来说,每个国家都有权利经历这个政治发展阶段,之后各自按照本国的特点,用自己的语言去诠释和衡量利弊得失,确定民主选举是不是可以带来理想化的幸福。这一点就像是青铜器上的烙印,深深地铭刻在民众的本能之中,他们希望公平和正义。

与此同时,为了生存这个理想表现得极为狭隘和荒谬,充满嫉妒。就像一个机体组织正在生机勃勃地生长,自然而然会消灭所有它认为影响血液纯度的事物。那么现在有些人试图想把君主制和贵族统治中良好的部分存留下来,并且注入新的体制中,但是他们忘记了他们所想保留的,正是新体制要去除的那部分。作为一个新的体制,它需要先通过自身演变而变得更纯净,之后才能结合其他制度,变得更加和谐、稳定、透明。它通过自身稳固和完善的力量,在消除了过去一切痕迹和记忆之后,需要作出关乎它未来的抉择。因为生物天生好奇的秉性,它确切地知道什么是生命奥秘中不可缺少的。

五

综上所述,国家有理由不采纳可能优于民主选举的制度,即使他们可以看到。民主选举使他们在法律上还是占优势的。民众最终会选择更聪明的人来管理政府,因为这些人相对更了解公共福利,会做得更好。在根本上,它没有允许民众思考,也没有自我反思。一切在这条必经之路上的思索,都被视为是荒谬的,因为大家都急于达到理想中的终极理想,所有必须的摸索被视为是浪费时间。

国家在这方面和个人就是完全不同的,它通过努力,学习,付出代价,积累了犯错误的经验,这才是未来宝贵的遗产。之后对一个懵懂无知的孩子或涉世未深的青年说:"不要说谎,不要欺骗,不要制造痛苦。"

这些箴言对于他们根本没有任何意义,因为他们在没有经历现实生活的历练前,根本不会发现这些箴言中的智慧和可以带给他们的幸福。只有成长后的他们才会发现这些话是真实有用的,这些新颖精彩的箴言才是毋庸置疑的真理。

对于一个正在探索其最终目标的国家,说出以下的箴言也是毫无意义的吧!

"不是大多数人的意见就是正确的,不是谎言说了一百遍就能成为真理,不是谬误之言被一大群盲从的人阐明出来就自然而然成为真理。也同样不要以为置身于反对智者的亿万无知群众当中,你可以渐渐清醒。更不要认为自己可以操控平凡而永恒的法则,它不会跟从你抛弃早已认知它的人。

不,这法则永远跟从发现它的智者,这时你如果离开,不接受它,结果会变得更糟。早晚有一天你会在路上遇到它,避之不及,你会发现曾经的所作所为会被反射回来,以其人之道还治其人之身。"

以上的一番话若可以通过演说告知广大民众,当然是非常好的做法,可是也许只有真正经历过的人,才能为之触动,了解此言非虚。在解释种种人生之谜时,占上风的总是错误的民众,而非英明的智者。人民大众拒绝相信智者的话语,他们恍惚中觉得,在明显的抽象真理背后,有数不清的真理不是用头脑预知的,而是需要热情的人们去实践和完善的。这些真理需要时间和实践的验证。由此可见,无论我们给出多少箴言和警告,做出多少预测和列举,都是于事无补。民众认可通过实践来检验真理的方法,坚持实践出真知,难道他们不对吗?

我们特别做一个研究,为了验证民主选举是否是集体的智慧,是否能体现实施它的国家的尊严与团结，国民的良心。以法国和美国为例，公民选举带来的只不过是一种真正平等的感觉而已，但是外来的人到此地都会被他们营造的人性化，纯净的氛围所吸引，觉得那是天方夜谭。因此，可以说民主选举即使导致了严重错误，同时也带来了益处，最后被原谅和宽恕。无论如何，对于必将到来的未来，也许民主选举是最好的准备。

现代戏剧

一

我这里谈到的戏剧,自然都是那些很少有人涉猎的,基本上少有人知的很新颖的戏剧文学。在普通的剧院里,现代戏剧作为喜剧里的先驱者,已经开始影响到普通戏剧和传统喜剧,无疑这些传统喜剧已经开始被牵着鼻子走,远远落后了,那么我们就没有必要等待它们,现在已经有这些遥遥领先的喜剧先驱的作品供我们欣赏。

首先,从现代戏剧的外部表演看,其表演动作缓慢,像是一个个缓缓爬行的瘫痪者,却给人留下了深刻印象。其次,我们注意到了,现代戏剧把道德问题摆到重要的位置,体现了一种欲望,希望更加深刻地表现人类的意志层面的东西。最后,现代戏剧不会像传统戏剧那样抽象,但是仍然在探索一种美感方式道路上的曲折模糊。

实际的舞台上几乎没有异乎寻常的暴力和冒险，这一点是可以肯定的。不再会频繁地出现血流成河，汹涌澎湃的炙热情怀；勇气不再是唯一的追求，宁死不屈的英雄主义也不再那么被热烈地追捧。可是，死亡依旧会展现在这个舞台上，就像生活里的死亡一样，它是必定存在的，可是并不是时时刻刻，而是在未来的某一天，所以在这个舞台上死亡不再是唯一的最终结果。人生中有很多看起来残忍不堪的犯罪，这些可怕的犯罪几乎发生在隐蔽和寂静之中，我们很少会用寻死来解决或者逃避问题；很多艺术作品反映了人类意识的发展，而戏剧算是比较缓慢的，但是最终也会考虑并且表现与人类意识相关的内容。

早先的经典戏剧都是以古老的悲剧为根本基础，我们可以从这些轶事中得到启发和灵感，创作表演。意大利、斯堪的纳维亚和西班牙的故事，或者是神话传说，不仅为莎士比亚时期所有戏剧奠定了基础，也为法国和德国的浪漫主义作品提供了灵感。我们不是要完全否认变化无穷、略有瑕疵的艺术，曾经每次看来都很自然和美好的戏剧，现在不再能够使我们提起兴趣。当然，无论如何，这些传统的戏剧总是会唤起人们对有关情节、风格和情感的互动，就是人脑海里见证了的这些故事，每一次的再加工创作，证明它没有绝迹。

二

然而，对我们而言，那些冒险的故事不再属于我们这个时代，我们的生活不是这样的。如果当下的年轻人在遇到罗密欧一样的感情，遭遇爱情的折磨和社会的阻挠，他表现出来的一定不是那个时代的价值观念和行为，他的经历就未必会歌颂，也不会具有维罗那传说片段的诗情画意和浪漫情怀。风景如画的街道，喧嚣叫嚷不复存在，复仇决斗与唯美爱情，神秘的毒药，庄严的坟墓，这一切的一切都将消失在记忆中。最让人陶醉的是那高贵而富有激情的生活。

哪里还有那个别致的夏日夜晚呢？由于承受着英勇和不可避免的死亡阴影，让它具有了无比的吸引力和独特的味道，每一幕都笼罩在死亡的阴影下，使人心神不宁，沉浸其中。若除去了所有的华美装饰，《罗密欧与朱丽叶》剩下的只是个简单的故事：一个高贵善良的年轻人，爱上了一个姑娘，并希望可以在一起，可是家庭纷争，遭到父母的阻拦，酿成悲剧。只有在特定的环境下，这个故事表达的愿望而产生的诗意、浪漫壮观和激情四射的生活，才会充满魅力和悲伤。每一个温柔的动作、每一句爱的低语，以及愤怒的嚎叫、悲痛的痛哭和绝望的呐喊，都是要靠周围的生活和事物去衬托，才显得生活中的优雅、英雄主义和浪漫情怀。简言之，每个形象都要借助于当时的外在元素。简单的一吻并不珍贵，但若是在特定的环境下，特定的情感里，它就变得如此甜蜜。在今日的环境下，很难想象会有一个人，他有奥赛罗一样的嫉妒心，像麦克白一样野心勃勃，又像李尔王一样郁郁寡欢；或者像哈姆雷特一样犹豫不决、烦躁不安，他们生活在可怕而不切实际的重压之下。如果莎士比亚生活在当下，一定不会再有这样的千古奇作问世。

三

现在社会大背景已经更迭，再不是从前的社会环境，若是现在的罗密欧再次出现，他不再只是爱情故事素材，而会引起一系列的外部事件。如果想在现在的舞台上表现青年人的爱情故事，作为一个现代诗人，他完全可以借鉴久远的故事，再加以符合现在社会背景的装饰，只有这样，英雄主义和悲剧爱情才有可能得到更好的发展。其实这只是个权宜之计，结果是如何呢？难道情感和感受在当下的时代气氛下不能有更完美的表达吗？（因为现代诗人所表达的都是他自身特有的现代感的情感和感受。）这一切好像名贵的植物被移植到了不适合它们生长的土壤，开始有些萎靡，恐惧，不知自己的未来会被怎样审判。它们在绝望中等到了，看起来值得信任的，可承受负荷的力量，那就是人性和正义；貌似瞬间回到了宗教和王权统一的时代。在不知不觉中，每次人类大的变革，道德上的进步，它们都会有所改变，大部分时候是受益的；突然间，它们开始遭受打击，被误解，过着暗无天日的日子，对此，只能在惊慌失措后一笑置之。这样的环境下，还能做什么呢？它们能真的生存下来已经变为希望。

四

我们不要再纠结于如何把古老的戏剧生拉硬拽地和现代造作的诗歌捆绑在一起。我更愿意单纯地讨论真正可以反映现实的现代戏剧。正如希腊戏剧反映希腊现实，文艺复兴时期那些只属于那个年代的作品一样。现代戏剧应该反映现代男女的爱情，应该用现代的框架出现在舞台上。我们暂且先忽略不看主人公的姓名，他们的理想和情感，或多或少会有从前的影子。同样的爱恨情仇、处心积虑、怨恨嫉妒和贪婪；同样的正直和正义；同样的善良、忠诚、遗憾和自私；同样的骄傲和自负等，但是我们看到了巨大改变，无论是表现手法，还是舞台布景，同样发生了不同的变化。再没有古代武器出现在这个舞台上，往昔的战争场面都不复存在。没有呐喊，没有流血，没有泪流满面。只有一张小桌，炉火，尽显人们的欢乐和忧愁。在我们的角落里，可以有痛哭，可以有眼泪，同样可以有爱，有死亡。突然十分奇异的场面出现了，一扇门或者一扇窗瞬时打开，那是极度绝望或者极度快乐的表现手法。你会觉得再没有美的呈现，只有表面化和缺乏想象力的诗作。如果追根溯源，所有的诗歌都是在表面元素上刻画它的魅力和情感。最后你会发现，没有什么力量可以控制人类的行为；没有什么永久的秘密、庄严和悲剧的戏码等待人们去演绎；无论多么犹豫的氛围也不能美化可悲的弱点和不可以饶恕的罪恶。

事实上，我们的生命永远伴随着可怕的未知；它总是形式多变而难以把握，它比人类更任意妄为，充满着不定和矛盾的因素，我们希望抓住并且唤起它时，需要鼓起勇气冒极大的风险；在极大的困难和挑战面前，我依然忠诚于它，可是仍不能把平时的动作、语言和手势变得神秘异常。我们虽已经努力付出，但是结果并不理想。许多谜团展现在我们眼前，它们几乎代替了旧日之天意或宿命有关的巨大谜团，而且它们更加任意妄为。令我们惊讶的是，这些好像生于昨天，与费解的、复杂的遗传有关的谜团，关于那不可能与生俱来就如此强大的正义的谜团，轮流往复前行在通往骄傲的道路上，显得更加古老，更甚于它们所代替的内容。

五

我们好像迷失了，曾经那种举手投足间和台词里的高贵和美丽远离了我们，曾经的吸引力和魅力也一同消失得无影无踪，我们该如何找寻？语言就好比反射周围一切美好的镜子，可是这镜子却难以掌控，我们在里面丝毫找不到现在社会的美好。既然我们在神秘戏剧中已经迷失了方向，那么我们要去哪里找寻这种眼界和诗歌呢？我们尽力地去给这种神秘的戏剧一个位置，希望它依旧存在，可是它却淡出了我们的视野。

现代戏剧没有过多的外在动作和表面装饰，也不会相信神明或者命运祈祷可以有任何作用。它对这方面没有清晰的意识。它完全自己独揽大权，从心理学和道德问题入手，探索发现如何替代曾经只能用外部场景表现的对应物。现代戏剧虽然已经深入人心，但是仍然面对很多意想不到的困难。

对于思想者、道德学家、历史学家、小说家，甚至是抒情诗人来说，深入挖掘人类意识是他们的特权和责任，对于剧作家，却没有这样的权利。因为那样会让剧作家归于沉寂，变成单纯的哲学家或者观察者，这是有极大可能的，所以剧作家必须抵抗诸多诱惑。而对于演员本身，他要做的就是遵从舞台的至高法则和基本需求，不加怀疑地表现自己所想表达的，这是表演的一部分。在大幕拉开的一刻，我们内在对戏剧思想的渴望会被改变；站在那里的只是一个本能的旁观者，他并非思想者、哲学家、神秘主义者，抑或道德学家，他只是一个被众人带入消极而渴望看到有所转变的人。这一切的发生都是由于我们天生存在的一种天赋，我们拥有特别的器官可以思考、感受，并且可以一同受到触动。这是人性的一系列连锁反应，所以这里的改变并不为奇，而是理所当然。绝妙的台词，只有在舞台环境加以适当对应，配合情节发展，引发决定性的突破的前提下，才能显得见解深刻，掷地有声。若没有一切的配合或者没有尽快提供确定的解决方案，再美好的台词也会被人厌烦。

六

有时候某个特定情节会出现在人类的意识里。起初，你会觉得挣扎于各种互相冲突的情感纠葛之中。但是慢慢地发展到一定程度后，你发现这种复杂的关系变化了，转化为单纯的情感和道德规范之间的矛盾，责任和欲望之间的矛盾冲突。（现实也是如此，一切初级阶段都是这样开始的。）因此，现代剧作家创作的大部分题材都是有关当代道德问题的作品，更准确地说，此时此刻，他们更愿意把热情放在对这些不同难题的讨论上面。

小仲马是这个运动的先锋人物，他的戏剧是现代戏剧的启蒙，他的作品中着重刻画了最基本的道德冲突，并将其搬上舞台。的确，戏剧就存在于这些难题中。观众就像是个局外人，他们是永远的道德学家，审视着舞台上发生的一切,他们想要的解决方法也是显而易见的。是否可以宽恕不忠的丈夫或者妻子?以牙还牙的报复是否恰当?可怜的私生子们是否有被同情的权利?因爱而结合是不是比因金钱而结合的婚姻要纯洁高尚?自由的恋爱被父母阻止是不是应该反抗?孩子是否可以维系没有爱的婚姻?对婚姻的背叛,女人比男人更不能被原谅吗?诸如此类。

实际上,可以这样说,当今比较领先的法国戏剧和其他国家的戏剧表现的都是这样的问题,并且作出回应,但都是多余的无意义的判断。

现在,让我们来看看另一方面,比昂松和豪普特曼的戏剧,在探讨人类意识方面,他们的戏剧达到了至高点,这里脱颖而出的尤其是易卜生的作品。这里我们看到了现代艺术已经达到了最高的水平,在探讨人类意识的道路上越深入,发现的冲突越少。只有意识本身受到充分的再开发,我们才能再深入其中。否则,即使我们再深入百步千步,都找不到更为新颖的和引人入胜的东西,因为我们似乎走进了黑暗的死胡同里,伸手不见五指,除了黑暗,我们无所获得。由此,我们必须要去启发新的意识,从中点燃热情和欲望。意识的无限伸展,可以更平和、更抽象和普遍,它会激起更多的灵感和耐心。你会发现意识就像被堤坝拦截的河流,一旦冲破就会更加汹涌澎湃,更加势不可挡。我们会发现情感变得更加高贵,更加智慧,它们之间的冲突也会变得更微妙,不再会那么激烈。好像河流冲破堤坝,达到宽阔的河岸,水流会变得祥和宁静与世无争。

七

这种先进的意识观念,不会受限于各种行为规范,同样不需要承担一些无益的责任。也许有人会疑问何以谈责任?这不是谎言或错误,没有半点偏见,也没有半真半假的陈述。这责任是靠不住的意识所不能承担的。因为事情就摆在那里，意识就会以责任感的形式出现，无论它是否能承担，或者对错。我们谈及的是有关道德的，以及婚姻意义上的尊严（我所指的是丈夫的尊严，一个因为妻子背叛而饱受折磨的丈夫的尊严），以及报复、傲慢、虚荣、病态的拘谨，对神明的虔诚等，各种虚幻之物混合一起，成为各种责任的来源。而这些所谓的责任，在那些不开明的人看来是绝对神圣，不可侵犯的。这些所谓的责任曾经是浪漫主义时期戏剧的核心内容，且也是现代戏剧的核心。事实上，这些责任都是悲观冷酷的，它们在阳光健康的意识中根本不会存活，它会使人类走向灾难，甚至死亡。健康的意识根本不会允许这种通过血腥来表现尊严和报复的传统表现手法。同样那些非正义的充满偏见的只为获得眼泪的表演手法也不被允许。在这种意识里，那些虚伪的"伟大而高尚"的神明也丢掉了宝座，而令人走向死亡的爱也不复存在。我们所期望的是，在阳光照亮智者的意识里，终有一天，每个人都可以沐浴在智慧之光下，没有任何戏剧来源于这种责任，这就是用爱去面对所有人，爱人如己，减少伤害，爱才是这个世界上最伟大的力量。

八

现在我们专心地来看看易卜生的戏剧里所发生的事。戏剧就像伴随我们的一束奇特之光，在易卜生把我们带到人类意识观念的深处时，它就是那束悲观而变幻无常的光。有人认为它亵渎了戏剧艺术。他的悲剧中主要成分的大部分责任，都在健康开明的意识观念之外。

易卜生的作品以一种危险的形式解释了不公正的高傲，有人说是刻薄，有人认为是病态的癫狂。

请让我们抛开这样的评论，这是对我的误导，我不希望我的评论会影响本人对伟大的斯堪的纳维亚诗人的钦佩。其实，如果易卜生的确没有为当代道德作出什么有益的贡献，即使他的诗歌未受到认可，但是他是唯一一个推动了新形式诗歌发展的剧作家。易卜生的诗歌是伟大的，与时俱进的，体现了悲伤中的美丽和高贵，打破了所有人的印象。也是因为他表现得过分粗犷和犹豫而不能被社会广泛接受，但是我相信这是暂时的。他是唯一一位诗人，没有借鉴前人的一切，无论是神话还是文艺复兴时期的豪放开朗的戏剧。

我们一直在等待一个时代的到来，人类意识中充满了更多有用的情感和没有邪恶的责任的时代。舞台上演更多的快乐戏剧而非悲剧的时候，每个人心灵深处都是善良和伟大的责任，他们心怀忠诚和消灭一切罪恶的正义感。设想一下，在我们这个时代应该真实地上演这样一场戏剧：这种充满爱的责任与人类自私和愚昧之间的争斗。当在真实生活和舞台上都呈现出这一目标达成之时，也许一种全新的戏剧才会出现。那时一种和平的，充满美丽善良而没有眼泪的戏剧才能登上世界的大舞台。

预卜未来

一

从某种层面来看我们想了解未来是不可能的。下面的说法可能看起来比较可笑，但是任何一种情形的发生，我们也许就可以看到未来：1.移动大脑的脑叶；2.用新的方式重组大脑中的布洛卡脑回；3.将一个小型神经网络装入人类意识神经网中。未来影像出现在我们的脑中就和曾经生活中发生过的景象一样清晰和逼真。我们根本不知道自己身上将要发生什么，这是由罕见的身体缺陷或者局限造成的。单从想象的层面考虑，即使想象力不能生活在未来之中，但是我应该可以看见尚不存在的事物。现在已经存在一种活动，开始在有些领域研究尚不存在的事物与人类的关系。如果不去考虑尚未出现的事物，单纯考虑所涉及时间与空间内，我们不得不承认，这个世界是以人为中心，我们是一切发生事件的唯一目击者。由此可见，这些事件有权出现在由因果关系组成的永恒历史中，并且都值得考虑和研讨。由于空间并不是个深不可测的事物，所以针对时间的观点对它毫无作用。时间和空间组成了一个双重无限时空，我们的人生就游荡在不可捉摸的神秘之中。

相对时间而言，我们更了解空间。空间和人类的关系更为直接，我们的身体有机组织偶然发生的状况使这种关系更为具体。我们可以自由地在一定范围内活动或者运动。因此，一个旅游者的大脑中不可能存有他尚未到达的城镇的记忆，而只有他进入到这个城镇，才有真实感受。我们可以理解为，当一件事情尚未存在，就说明它尚未发生。

二

在这里，我不想和前人一样走失在这无从解释的千古谜团中，所以就不要纠缠在这个问题上了。无论时间有多么神秘，只要我们随意地把时间划分为"过去"和"未来"，这样就变得简单也容易弄懂其含义。我们可以确定的是，对于时间本身，它就是一个恒久不变、无限延伸的"现在"。我们可以这样理解，时间就是正在出现和将要出现的一切"现在"，也在永恒不变地向前发展。而"明天"只是存在我们大脑中的一个转瞬，会变成"今天"再变成"昨天"，让人混淆，不易分辨。

也就是说"现在"是"过去"的"未来"。有人曾说，想要从未来抽离出来绝对是一种精神上的错觉，根本不可能发生。当人来到这个地球上后，他就面对一堵墙，一直在前面来往奔走，未来随时都存在，真实、完美地藏在墙的后面，他还觉得未来好像生长在自己身体上，一直在他心中。人类的忧虑都是由于认知的混淆不清，导致通过狭窄的感觉通道，不能达到真正意识的所在地。而在未来特定的一个点，人类的认识会得到真正的提升。也就是说，未来才是人类自由生活的空间。未来会以很多方式通过大脑，提醒他将要发生的事情，比如通过模糊的感觉，或者偶尔发生的事情，或者通过引导他对未来的想象，或者是打破他现实周围的现状。此时人才会恍然大悟，不一般的事情曾经如此近地让他接近未来。未来就像一个封闭的神秘的容器，大脑完全地投入其中，并没有经过未来的同意，被沉入到大海深处，被狂风巨浪所淹没，撩拨着，抚弄着它，它只能在海浪中起起伏伏。

  人们尝试着在高墙上找到缝隙，通往那个装有未来的容器中。理性几乎是无所不知的；本能不会利用它万能的知识。人们也希望可以穿越理性同本能之间的那条隔离带，使自己更加智慧。这样看来，人类不止一次地成功过。让我们想起古往今来的空想家、先知、女巫和祭祀，他们身上好像都有一种病态的狂热，他们的精神系统超出常人的极度敏感。这种系统可以游走在意识与潜意识之间，串联个体生命以及所属物种，也可以与无形的神明之间进行奇妙的交流。很多相关证据被遗留了下来，和历史证据一样宝贵而又不容置疑。从另一个角度看，他们是诡异的破解者，沿着独有的神经轨迹，穿越于现在和过去之间，并混淆了两者的区别。他们这样伟大而神秘的臆想狂者是极为罕见的。由于他们的特异功能，人们会奉献出发现或者认为发现的一切，让他们机械化地破解着未来，希望躲避不妙的灾难或者境遇。这些特异功能者开始沾沾自喜，他们通过鸟儿的飞翔、受害者的内脏、星体的轨迹、水、火、梦来解读未来，而这些古老的占卜方法也一直流传至今。

<h2 style="text-align:center">三</h2>

  我一直对这种未来学很感兴趣，也对它现今的社会地位充满了好奇。如今未来学虽不流行，但是当初却风靡一时，很是辉煌。对于社会公众和民族宗教，

很难将其纳入自己的学科。现在和过去向我们展现了诸多的奇闻异事,足够满足我们的好奇心,可是在我们关心"现在如何、过去怎样"的同时,几乎忘记追问"以后如何、未来怎样"。我们决不允许有任何差错和怀疑的本能,只能接受古老而严肃的学科,占卜已经不能光明正大地进行了,它是不能被证明准确无误的。它只能在角落里,私下进行,同低俗、迷信、蒙昧的勾当为伍。一方面,它沿用了古老幼稚无知的方法;另一方面,未来学也同社会一样进步,开始改进某些测算手段。时至今日,原始古老的占卜手段近半数已被废除,而新开发的手段普遍是古怪的,甚至是可笑的,有时好像是带点新发现的感觉,而这些动机往往都和占卜无关。

我对未来学进行了一系列的研究,慢慢走进了幽暗的寂静之地。我渴望在工作中、生活里体验到真正的未来学,而不是只通过生硬的书本。我走访了很多生活在社会底层的人,他们对占卜坚信不疑,也发现有人会使用古老的占卜方法求得建议和方法。我怀着真诚的心态去占卜,虽不相信但是我希望可以相信,我不会先入为主地怀疑和挑剔,更不会去嗤笑这种行为。无论我们是否无知地相信奇迹,但是嗤笑奇迹则是更加无知和愚蠢。我相信,在每一个顽固的错误背后,一定隐藏着毋庸置疑的真相。

四

在巴黎,占卜是受到普遍欢迎和不必躲藏的,于是,我就在这个地方开始调查。当然首先要挑选恰当的时间和计划一个方案。尽管方案的实施受到很多方面的影响,但是对于我来说具有十分重要的意义。我并不打算干涉其中的过程,因为需要一切都是真实的,当然我知道,我的设想会面临一系列的阴谋和不和谐的力量。虽然双方的力量势均力敌,但是不可能一直相持不下。按照合理的逻辑来说，我们没有办法确定每天会是哪个力量获胜。在准备预知未来之前，前提条件是我必须要非常明确几个向未来提出的问题，这样才能更好地把握机会。很多人在占卜后都觉得自己一无所知，毫无意义，主要的问题在于他们在问卜未来之前没有准备好要探知的问题，才会一无所获。如果自身没有做好充分的准备，那么占卜就失去了意义。

就这样，我相继见到了星象家、看手相的人，还有那些曾经被追捧现在却开始没落的女巫们，当然她们依然为人所知。他们自说自话地认为扑克牌、咖啡滴液，以及鸡蛋清在水杯里溶解后的花形凝结物可以揭示未来的秘密。（手段虽然罕见，但是巧合的是，真理的例子就蕴藏在那可笑的实验里。）最后，我还是找到了那些远近闻名的女先知们。她们拥有很多明晃晃的称号：透视者、半仙、灵媒等等。她们利用自身独特的能力，将自己的意志植入前来问卜的人的意志之中，甚至潜意识中。她们的祖师应该就是那些可以令鬼魂附体的古代女预言家们。由于这是个没有公正的领域，你不知哪是真哪是假，所以难免上当受骗。你会遇到一些弄虚作假的人，有些就是最低级的撒谎骗人。但是我也有机会，真正近在咫尺地看到一些不可思议的现象发生。只凭这些结论，我们不能确定人类就应该抛弃这一整套的幻觉。这些幻觉中充满了未知的未来，让我们感受到了通往未来事物的神秘感觉。使我想起那"埋葬的神殿"，它是至圣的神殿，我们最为宝贵的观点和智慧都在其中，可是我们却知之甚少，这些观点游移运作，似乎在找寻可以通往神秘的未来之路。

五

其实，和那些先知、预言家接触的事情，大致相似，很多人都应该经历过，所以在这里我只讲一个亲人经历过最为诡异和神秘的事情吧。在这里我们也许可以达成一个共识：他们那类人的心理特质几乎是相同的。

我所拜访的是全巴黎最有名的预言家。她总是处于出神的状态，而这个时候她便说自己被一个名叫茱莉亚的小女孩附体了，当然是女孩的鬼魂附在她体内，她要求我用"你"亲切地称呼她，并且语气要温柔，就像大人同一个七八岁的小女孩讲话一般。这时我已经被要求坐在桌子旁，只看她在随即的几秒钟内，整个身体都痉挛起来，面容、眼睛、双手、四肢，简直让人看着很难受。她的头发蓬乱着，面部表情却如一个小女孩一样的单纯幼稚，声音变得尖锐清脆，看起来这老女人的身体真的被一个小女孩的鬼魂控制了。她问我问题时有一点模糊不清：

"你为什么要来？碰到了麻烦还是想知道什么？你是为了自己还是他人？"

"为我自己。"

"那很好。请你帮助我，引导我的意念进入到你的麻烦事中。"

我开始集中精力在那些我准备好的问题上，在意念的舞台上扮演着不同的角色。之后，她先是猜测了几次，当然我没有给她任何提示和透露任何信息，奇异的事情发生了。她居然成功地进入了我的意识，像钻研一本未知的书，在这段时间，我们一直有交谈。她准确地说出我心中所想，心中的情节画面被她描绘得一清二楚，她也辨认出其中的主要人物，同时也把他们都描绘了出来。她说话的语气还是孩子的稚嫩和天真，偶尔还会带有润色。

"你好，茱莉亚，"我说，"现在我知道了你可以看到从前的事情，那你可以告诉我将要发生的事情吗？"

"将要发生的事情，以后要发生的事情……你如果想知道将要发生的一切，这可不容易啊……"

"是吗？那么请问我生意的结果如何？我会赚到钱吗？"

"当然，当然，我知道；不用担心，一切有我，结果你一定会满意……"

"那么你刚刚提到过的我生意上的敌人,那人总是和我争,他一定希望我会遇到很多的麻烦和困难……"

"哦,不是,不是,他并不希望你有麻烦,而是另外一个人……但是我不知道那个人为什么……他同样讨厌那个人……嗯,是的,他讨厌他,他讨厌他!是因为你和另外一个人太要好了,所以他只是不希望你为那个人所做的事情成功。"她说得很准。

"不过请告诉我,"我继续问,"他会坚持这样做吗?会不会放弃阻止我呢?"

"啊,别怕他……我看见他了,他活不了几天了。"

"不是吧?我前两天看见他,他还是好好的啊!茱莉亚。"

"不,不,他病了……我看不清楚,但是他病得很严重,活不了几天了,他肯定不久就要死去……"

"这怎么可能呢?这绝对不可能!他怎么会无缘无故地生病呢?"

"他头顶上有血气,他有血光之灾,到处都是血……"

"有血气?要有决斗吗?"(我突然想起,这个人曾经要求和我决斗。)"是车祸,谋杀,还是被人寻仇?"(他是一个粗鲁不谨慎的人,经常会得罪别人,做出伤天害理的事情。)

"行了,行了,结束吧,不要再问了,我很累了……让我走吧……"

"可是前不久我就知道……"

"就这样,我不会再告诉你任何事情了……我真的很疲惫了……就这样吧,就这样吧,我会帮助你的……"

瞬间,她和开始时一样抽搐起来,之后就是一张40多岁的女人的面容出现,也再没有清脆的声音,她看起来刚刚从一场漫长的幻梦中苏醒过来。

我需要补充说明一下,在这次占卜之前,我和她根本不认识,没有见过面,就像是住在两个星球上的人一样陌生。

六

  大部分的占卜师在他们占卜的过程中，都是处于睡眠状态的，这不是假想，但是结果基本相同，在细节上没有多少说服力。之后我又让两个比较信得过的朋友，当然这两个人是聪明和诚实的，又找到那个法国女占卜师去测试一下她的反实验能力。他们也同我一样，准备了只有靠命运才能解决的问题，这些问题都是与未来紧密相连的。其中一个问及自己朋友的病情，茱莉亚说她的朋友将要死去，虽然我们不愿面对，但是事实证明了她的预测是对的。但是在占卜的时候她告知我的朋友，她的病还是有治愈希望的，死亡的几率在减少。同样另外一个朋友得到的答案也是含糊其辞的，模棱两可的。起初我的朋友问的是有关一桩官司的发展。为了做出补偿，她给了我朋友一个提示，告诉他某个地方有个东西对于他来说非常重要。很长一段时间那个东西不知道放在哪里，那个人也竭力去寻找，但是还是无果，最后就只有放弃，不再去想了。

  到目前为止，我所看到的，就是茱莉亚的语言又有一部分获得了验证。这样看来，虽然我没有在主要方面得到认证，但是这个经历还是令人满意而顺利的。可是说起我那竞争对手的死亡事件，到现在还没有发生。我庆幸于我的未来没有被一个未知世界的孩子说中——即使是依托于一个40几岁的女人。

七

  令我振奋不已的是，竟然有人可以深入我们的意识中——那个我们最后的安全领地，到达目的地，揭示我们的情感和意念。这些情感和意念虽然很少有人问津，也经常被我们自身所忽视，但是它们依旧是真实存在的。这些意念在没有被我们自身所接受和表达之前，已经被陌生人透彻地看到并且告知了它原本的主人。令我感到恐怖的是，一个素不相识的人可以洞察我的内心和潜意识，且深入的程度远远超过我自身可以达到的程度。长久以来对自己的观察其实是徒劳的，那会使我觉得自己被封闭在一个狭小空间中。我们的意识是会流动的，它偶尔会逃走，根本不属于我们，封闭它也是徒劳无益的。由此推断，如果在某种情况下，有些人可以通过他们独特的手段，潜入我们的意识中，占据它，那么生活就会成为另外一个样子。词语中经常会出现一个词——直觉，它就在我们的精神法庭中，法国人称其为内心世界。这种直觉就像是一个论坛，或者是精神的市集，可以容纳众多生意人来此交易，他们来去匆忙，可以自由地、毫无限制地挑选自己所需要的东西，可以满足自己臆想的真相。

现在还是让我们说回主题。其实在我向茱莉亚问卜的整个过程中，最让我新奇的还是那部分未知的内容。我的兴趣和初衷也是在于揭示茱莉亚的预卜之谜的真相。难道她知道的真的比我多吗？我觉得未然。她和我谈话时说出的结果其实是我内心期望的结果。也就是说，我的私心对这样的结果进行了引导，因为这结局对于我是幸运的。我自私，无形地本能希望这样的结果发生远超过我对胜利的渴望。当然，表面上事情的彻底胜利才是我想要的结果。我认为这件事情的胜利已经是一种责任。事实上，我不得不面对现实，这种彻底的胜利是很难达成的。所以当她预测出我的竞争对手会很快死亡时，其实看到的是我的自私的意志所期望的结局。她看到了我隐藏在内心深处不可见光的、卑鄙的意志，而这种意志很少会占据我的思想，或者说是不会展现在表面。透彻地说，如果这件事没有了期望和可能性，也就不存在先知。即使我的对手真的死亡了，那也是短时间内发生的。死亡瞬间发生也不会像阿波罗的语言，不可能被他人预知未来。我和我的本能，还有那不可见的潜意识，预测到一件和未来有关的事情。未来也许一直在帮我读懂"时间"这本书，它也许不像普通的书那样简单，把所有的一切都记录在册，可是未来通过和依靠我的直觉，来表达和阐明我自己所不能理解的潜意识。

现在我们来分析一下，另外那两个朋友也去问卜的事情吧，你会发现是同样的道理。首先，第一个朋友，茱莉亚预测她的朋友会死去，其实是看到她的内心想法，虽然处于友谊，她当然不希望朋友死去，可是她的潜意识已经觉得朋友是无药可救了，这种想法也许是自然而然的，也许是受到了强烈抑制，但占卜师还是捕捉到了她的想法。至于第二个朋友，他的失而复得，没有确凿的证据就可以很肯定，这是占卜师的能力。占卜师读到的一切其实还是属于单纯的回忆。每一个丢失东西的人不可能完全不记得东西丢到哪里，即使不知道，也会有几个怀疑的场所。相反，他还一直怀疑着他的一个佣人。由此推测，他的大脑和清醒的意识可能并没有表现出对此事的重视，而他的潜意识却清楚地记下了一切可疑，这就好像人睡着了一样。所以，面对奇迹没有什么可以大惊小怪的，它们只是不同的序列组合而已。预言家可以发现并且唤醒潜在的记忆，而记忆本身并做不到这点。

八

难道这就是所有预言家预言一切的通则吗？难道这被那些伟大的先知、女巫、神婆抑或女预言家传承的古老的神谕，就是这样被经过沉思、破解、剖析到简单易懂的程度，使人可以凭借本能的理解力就可以明白的原理？占卜期间的问答过程，其实是问卜者自己通过回忆对自己的暗示的结果。我要求自己保持诚恳谦卑的心态去看待这个实验，也是它实质所需要的。

继续来讨论我的调查吧。直到现在，我对那些已经展示出的令人畏惧又十分神秘的现象，不能给出任何确定的结论。就我们掌握和分析的一切，可以明确的是，我们根本不可能了解未来，那简直是令人难以相信的。让我们尝试想象一下，未来站在我们对面，就好像我们站在过去的对面，我一直能做的就是努力地把过去发生的记住，让它不被遗忘。我们要做的就是发现和发觉我们记忆里所蕴藏的东西。在某种程度上，记忆力一直会牵引着我们前行。

  我们不能预测任何东西，在它们还没有和我们产生直接联系的情况下。比如，对自然因素的干扰，地球天体的命运，国家、种族和民族之间的争端或暴乱。我们通过历史记载和杜撰来了解过去。历史记载了发生过周遭的一切，记录了人类在岁月狭小领域内的自我欣赏，那不过是我们精神机体的分泌物而已。不知你是否见过贝壳和茧袋，它们把软体动物或小虫子包裹在一个狭小的空间中，人类就像那小虫子一样被历史包裹在时间之中。这个时间范围很有可能包括未来及将来的一切。那么这个正在被历史记录的未来远比我们尚未理解的未来要自然很多。可以想象，在那里现实和幻想依然争夺地位，但是也没有什么东西可以改变一个事实，那就是现实终会战胜幻想，成为现实。它就在我们身上发生，发生在每个历史时间上，其实是现实构成了我们超人的历史，在某种意义上，它使宇宙静止，高悬于人类头顶之上。而幻觉就像是由生命短促的丝线编制而成的朦胧的纱。这种丝线被我们叫做"今天、明天、昨天"，当我们绣出花纹时它已变成了现实。我们好像生活在被幻觉笼罩的环境里，对于未来这个无伤大雅，无需辩驳的事情，我们却始终不得其解。我们是不是要反省一下：我们是否可以挖掘出更有新意的课题，使将要来访的天外来客感到意外而新奇？

  我想现在的我绝对不可能做到这一点。我们很难想象，未来用其特定的现实反驳了我们的幻想对未来提出的反对意见。也就是说，我们幻想的未来一定会在未来成为现实。举例来说：若我们在做事情之前已经知道了结果不会成功，那我们就不会去做这件事情了。从未来的角度去看，这件事情一定已经清楚地记录在了时间这本书的某处。在我们提出这个问题之前，这件事还没有发生。

由于我们放弃了，我们就不可能会预见这件事未发生的结果。

我们不要纠缠在这个问题上，因为它会把我们带到一个没有出口的死胡同里。对我们来说，需要一个这样的结论：未来就像现在的一切，比我们想象的更和谐、更有逻辑性，它有自己独特的规律，其中包含了人类的犹豫和一切的不确定性。

除此之外，我们需要相信，即使我们事先知道，事情的发展路线也不会被完全打乱。首先，那些了解未来或者只了解一部分的人，他们总是乐此不疲地去不断研究未来。甚至有些人，只是了解了过去和现在，依然有勇气和魄力去探究未来。我们应该像适应历史课程那样，加快脚步，配合这门新的学科。对于那些我们潜意识中不可避免和无法控制的邪恶，我们也要允许它的存在，有一些能人（预知者）会使它出现的几率降低。其他的人不得不去面对，其实很容易可以预测的那些灾难，甚至现在每个角落都有可能正在发生。那些会使我们烦恼的事情有日益减少的趋势，却比期望中的缓慢。因为即使没有确凿的物质证据表明，但是道德上我们可以确信，现在人类的理性能够对未来有所预测，这也是令人感到满意的。我们观察到的有时恰恰相反，大多数的世人没有从这种容易得知的知识中受益，他们经常忽视未来的忠告。甚至历史给人类的告诫，他们也从不遵循。这种情况是很常见的。

之后我又去见了一位率真又淳朴的老人。那是一所破烂不堪的兔窝式公寓的第六层的一间小阁楼，显而易见，休息和会客都在这一个空间里。在我看来，他的口吻不像一个先知，更像一个看门人。从他口中，我没有得到任何的信息。那天同去的还有几个比较神经质的人，她们好像与我不同，收获颇丰。其中有两三位我相当熟知的女士，我了解她们的过去和性格。那个老人对她们的经历细细道来，有些很小的细节，比如旅游的次数，感情受到过的伤害，遭遇的意外，受到的影响，等等。他指出她们心灵深处的愿望和成见，揭示了她们的本质，也非常清楚地说出了她们生活中的犹豫和不安，以及重要的转折点。这简直令我愕然，让我感到出乎意料。当然她们曾经也接触过其他先知，这些都展现在自我暗示中，被老人捕捉到，他立即准确的说出无形地线索。他使用古老而象征性的方式提出线索，勾勒了她们的过去和现在的清晰图形。尽管女士们不相信或者不愿承认她们人生的特殊经历，但还是心存感激。我们一直记得他给出的预言。可是事实上，我只能说一件也没能兑现。

　　不得不承认，老人的一些说法不只是巧合。在某个层次上分析，那是一种潜意识和同等级别的潜意识之间的交流所产生的结果。也就是老人可以用他的潜意识得到问卜人潜意识里的记忆。大部分同占卜者的交流都是这个原理。这使我想起了，问卜一位使用咖啡滴液占卜的女人的经历，几乎相同，但在显示结果时，她过于武断，很少有确定的答案。因此，我会继续研究和探索这个领域。

驾 车

一

对于刚刚结束的车内之旅,我个人没有得到太大的收获,可是有些专家却觉得这是一种创举。车,对于我来说像是一种奇妙野兽,不能直接进行沟通。那些负责任的驯兽师(车手/司机)通过复杂而狡黠的运行掌控着它,他们之间有一种令人易倦的隔膜,令其真正的习性无法显露。想要驯服这头怪兽,仅仅靠刹车、油门、挂档,即使是方向盘在手中也依然不是容易的,这还是远远不够的。当然控制力早就受到认可的行家,就坐在你的旁边,对他而言,车子再不是野兽,而是一条被驯服的狗,表现出绝对的忠诚。它就像是半个人类,感觉就好像你成了驯兽师的徒弟,当你和父亲一同进入笼子时,你看到的是驯兽师皮鞭下的威严,被驯服后的猛兽如何地俯首称臣。昨天刚刚收到新的车子,你的新鲜感促使你在这广阔的空间内想与这样的猛兽独处一室。对于一个新鲜的事物,我们迫不及待想去了解和观察它，它是如何构造的，它有什么喜好，作为它的主人，它会带给我们什么惊喜。生平第一次，我想知道在新的领域中可以学习到什么，它带给我一种新的视野，我像获得了一种新的力量，将自己推向了精神世界的更深处。那种难以控制的力量来自一个水库，其中有我们用之不竭的力量，从那时起，我们凭借这种力量，一日之内，赏尽大好风光，蔚蓝的天空下风景如画，真难相信，曾经一辈子才能饱览的景色，现在皆可尽收眼底。

二

昨天，一位熟知驾车技术的行家开车把我从巴黎带到里昂。今天早上，他又开车送我到城外，这里可以看到很多古老的尖塔，之后他离开，留我独自一人，当然还有这可怕的怪兽和我相伴。我独自站在乡下开阔的原野上，一边伴着完美无瑕的蓝天，一边是阳光初染的天空呈现一片模糊的粉红色；在谷物的海洋中间是一条蜿蜒曲折的道路。远处树木组成的岛屿也变成了蓝色，与蓝天融合在一起，构成美丽的画卷。

这里距离车站、汽车修理行都很远，而且附近也找不到修理工，我感到了一阵莫名的恐惧和不安。我仿佛被这怪物的神秘力量所摆布，一种诡异的不安涌上心头，貌似它比我有逻辑性。在它面前，我的高傲的理智荡然无存，它那隐秘的力量变化多端，却从不会出错，我却被自己的表现羞得无地自容。我第一次感觉被束缚，失去了主张，在苍茫无界的绿海之中，面对这个怪兽，我告诉自己，我知道它的所有秘密。我曾经打开并查看过它所有的零件，现在我置身其中，它在我脚下咆哮着。此时，我在脑中回想它的内部运作，它那精美绝伦、绝对可靠的齿轮装置。我同样研究过它会出现的毛病，也知道哪些毛病是它的致命之症。它的心脏和精神实质在我面前一览无遗，它那深奥难解的生命循环往复的规律，已经被我摸清。电火花牵动着一切，每分钟七百到八百次的闪烁，使它整个身体变得焦躁不安，喘着粗气。可怕而复杂的心脏，主要依赖于化油器，看起来就像古怪的脸孔。化油器，准备制衡、唤醒那沉睡中充满力量的小精灵——汽油，它在沉睡中醒来与空气结合，形成恐怖的混合体，再被由爆炸室、活塞，以及发动机所有的动力源组成的巨大内脏，迅速吞噬。在这周围会出现一团火焰，为了遏制这激情澎湃的热烈，持续不断的纯净水在其中循环不息，使它成为一股熔岩流（否则这热情会融化一切），用持续清爽的细流来抚平这种炙热的焦躁。散热器中存放着大量的水，置于这怪兽的头部，以使它保持清醒。这水警觉却不知疲倦，一边带来凉爽，一边欣赏着周围的美丽景色。下面要谈到的器官是可以控制火花的震颤片，它也被发动机所控制。这就好比，精神服从于肉体，而肉体又以一种巧妙的和谐方式服从于精神。这种设定好的结构，无论多么灵活，多么和谐，都要服从于驾驶员的意志，这种意志是更独立，更智慧的，而且具有决定性！这里驾驶员的意志就等同于神明的意志，更有效地促成了两种完全不同的力量，达到让人瞠目结舌的和谐；使用"预点火"杆得到额外帮，助或者在道路上遇到阻力时，可能更容易引燃火花。

三

我们不妨先来看一下这个奇怪的术语，它是如此浑然天成而合乎情理，从某个层面上来说，这种语言代表了一种新的力量。"预点火"，这是个多么精确而又具体的词语，没有什么词能比它更简洁、更能充分表达出这么完美的意思了。引火就是用电火花引燃爆燃性气体，爆燃的时间可以根据发动机的要求加快或延迟。"预点火"阀打开时，火花会在千分之一秒内进行规律的喷溅。或者说，在完成全部点火过程之前，活塞已经使气体充分压缩，而且对之前爆燃产生的全部能量加以利用。最初的时候，有些人会认为这种突然的爆燃会对上升运动形成阻碍。但结果并非如此，试验证明，在无限小的时间段内，气体燃烧时自身会因为膨胀扩张产生好处，当然，其他一些因素可能也起到了些许推动作用。不管怎么样，我们必须得承认，机器的速度因此而变得更快了。汽车，这一交通工具，就像是工人的一杯美酒，让他们重新奋发起来。但是它们究竟是从哪里来，又是由谁创造的呢？在某个时候，这些词汇又是从哪里出现的呢？上一秒你还不知道它的存在，这一秒它便成了生活中不可或缺的东西。它们从工厂、铸造厂和仓库，成为最后的回响，成为那莫名的响彻宇宙之声的回音，这个声音曾为花朵和树木命名，为面包和葡萄酒命名，也为生死命名。令人感到欣慰的是，总的来说，当食古不化的腐儒学究开始对这种现象提出质疑和思考时，为时已晚，事成定局了。

四

先不去谈压缩、化油、上油、水流循环等，司机所要注意的就是震颤片和火花塞。假使任意一个调节螺丝出现问题，或者是另一根的电线两端沾到一丝油或者其他氧化物，都会使得这个猛兽当场毙命。它的周围还有很多器官，我都不敢去设想。那边的盒子里隐藏着秘密的变速装置，好像狭小的山洞中困着一只庞然大物；你拨动这边的变速杆，疾驰到山脚下，你会听到车内好像在周而复始地爆破，活塞疯狂地运转起来，导致整个车体不停地抖动，给本已放慢速度的轮子加重了4倍的重量。群山面对这种力量也会俯首称臣，臣服于它，敬畏地献上王冠。另外，令人无法琢磨的还有灵活的轮轴装置，无须链条，更不用传送带，激动万分的心脏产生巨大的能量直接带动两个后轮。向下一点的位置，比刹车还要向下，那里有个神秘不可触碰的盒子，其中是微分器的神奇秘密，现代的先进技术，使得同样大小的两个轮子，作用在同一个发动机下，在同一轮轴上转动，但是转速却可以不同。

五

迄今为止我对这些令人称奇的奥秘并不感兴趣。我已经征服了这只野兽，它在我颤抖的手下，表现得谨慎而顺从；我犹如遨游在绿色河流一般，两旁的麦田宁静而又惬意地向后流去。该是尝试它那神秘力量的时刻了。我拨动那魔掌一般的操纵杆，它像被驯服的良驹一般瞬间停下。一声短促有力的咆哮，嚣张的霸气荡然无存。面前的它不再是什么凶狠的野兽，而是一堆死气沉沉的废铁。如何才能再次唤起它的生命？我下了车，迫切地检验着它。面对这已经臣服于我的广阔平原，它却在想办法要来报复我。现在的我寸步难行，这时它们毫不掩饰地从四周向我包抄过来。天边开始暗淡下来，连它也开始背叛我，慢慢后退。这麦田广袤无边，让我没有退路，麦穗在我脚下拍打着，好像想探听我的心思；戴着帽子的罂粟在麦田中一直在对我点头，并且发出刺耳的大笑。这又如何？我已经拥有了应付当前状况的方法。我再次召唤起了这只怪兽，在它再次呼出生命的鼻息后，伴着轻松的歌声，继续向前。我又一次地征服了这片平原，它们又一次跪倒在我的脚下。我轻轻拨动那神奇的"预点火"杆，调节好输油量。车速渐渐变快，无比兴奋的轮子快乐地奔驰狂吼着。开始的时候，道路像美丽的新娘配合着悠扬的曲调，缓缓地向我走来。可是没过多久，它就开始狂奔而来，勇往向前，像疯了一样向我扑来，我的车好像被爆发的山洪所袭击，我的脸好像被泡沫鞭打着，之后淹没在无尽的波浪之中，这让我开不到前方。啊，这喘气声多么的蓬勃！好似宽大的翅膀，就如无法洞察到的隐形的翅膀，只有那种终年生活在雪山上的神鸟才拥有这样神奇的翅膀，我的眼、我的眉，被迎面吹来的芬芳洗刷得洁净许多。此时，车子奋力地奔跑着，后面是变为万丈深渊的道路。道路两边的树木也许是跌入深渊，都纷纷迅速撤回身子。它们似乎靠近了各自的头，互相簇拥着，聚到一起商量如何对付将要来临的神秘的幽灵。但是车子依然急速向前，树木们彷徨失措，逃向四处，都在自顾自地寻找可以躲避的地方；当我飞驰而过时，它们狂乱惶恐地俯下身体，无数的叶子在风的带领下唱起歌颂这宝马良驹的赞歌，附和着这种能量的喜悦，它们低声吟唱着不绝于耳的赞歌，好似在歌颂它们的敌人，虽然这个敌人曾被俘虏，但是最终它还是走向了胜利，它就是速度。

六

人类一直要面对的两大劲敌就是时间和空间这对无形的兄弟。若它们可以向人类俯首称臣，人类就可以再不需要神明了。时间永远都是胜利者，你看不到也抓不住它，若想捕捉它必定是空手而归。转瞬即逝的时间会给我留下蛛丝马迹，但是通常都会是痛苦的记忆，正如那些终会到来的而从未发生的事情投射的罪恶阴影。毫无疑问，时间只是由于和我们产生了紧密关系，才会有存在的意义。也由于它只存在于人们臆想的幻觉了，所以想要战胜并奴役它绝对是不可能的。但是作为时间的兄弟，空间则具体了许多，绿色的原野、金黄的沙漠、蓝色的海洋，都是它用来装扮自己的衣服。它同样笼罩晴朗的天空、闪耀的星宿，空间即使就在眼前，人类也不可能击败它，你会发现空间就在周围，甚至可以直面地决斗，可是结果可想而知。直至现在，"猛兽们"以自己的力量挑战着它的庞大身躯，胜利就在眼前，可是最终依然还是失败。

宽阔的海面，庞大的舰艇反复不断地与它搏斗，人类不堪一击的肺部可以承受的最高时速最后为我们取得的只是一个时间点的胜利。我们派遣火车与它斗争，空间好像投降了一样，在我们面前缓缓低飞，却抓不到它，不可掌控，到头来我们还是一场空。这就好像一个被俘的士官成了君王胜利的纪念品，人类自身就和一个手无缚鸡之力的犯人一般，被这种恐怖的力量控制着。不过，现在这毫不起眼的火焰怪兽，它是如此温顺轻便，又不会劳累；它就像是一只空中翱翔的火焰鸟降落到了地面，被花丛环绕，礼貌地问候着小溪和麦田，邀请着树木和林荫。慢慢驶过相邻的几个村庄，看到一扇扇敞开的大门，里面是一桌桌美味的饭菜，远处草地上还有正在辛勤劳动的农民，绕过隐隐约约可以看到的酸橙树后的教堂。正午阳光下，车子在一个小酒馆前停住，休息片刻，之后再次出发。嘴里唱着小调，到了最后的目的地，马上草草地囫囵吞枣般地回望三天路途中看到的周遭人们的生活。令人惊奇地看到，在某个时间不同空间里发生五花八门的各样情景。在这方面，空间与人联系比较紧密，我们的视线可以触及空间，可以附和着我们内心贪婪和严格的要求，企盼弱小和伟岸，企盼快与慢。结果我们收复了它，成为我们的私有财产。每次想有这样美妙的享受，都要先经历无聊和了无趣味的漫长旅途。

但是，目前，不只是结束旅途才会增长见识，可以唤起我们对生活的热爱，他人都会投来羡慕的眼光；其实从某个角度可以说，由几个中途抵达才能组成整个旅途。即使旅途结束了，快乐却持续不断增加，似乎每件事物都有了结果才会令人快乐欢愉。人类眼光不会再是曾经的短浅冷漠。记忆犹如一位美丽单纯的花中仙子,她拥有可以使人开怀的魔棒,人人都会有不如意的时光,此时这位仙子沉浸在寂寥壮美的大地,积累着让人快乐的能量。欢乐的岁月和宽阔的大路给予我们多么美妙奇异的惊喜,它们化作记忆的花仙子,永远在那里等候,成为只属于我们自己的财富。

春之讯息

一

从前我看到过春天如何孕育阳光、树叶、花草，提早准备好一切，整装待发，等待着北方之旅。地中海总是安宁得像放倒的镜面。除这里外，欧洲各地还都在沉睡的冬季。这里没有风雪，春天就这样走近了，这安宁、阳光与爱构筑的殿堂。春天为叫醒沉睡的生命需要做充足的准备工作，而观察这个过程是很有意思的事情。我发现了春天的担忧和迟疑，在二三月，那时层层山峦还覆盖着银装，它要在群山之上冒险。它还在静候，积聚着能量，好像与寒冷无声地抗争，竭尽全力，要消灭残酷的冬天留下的痕迹。它又像公园里游玩的小姑娘，跑来跑去，不厌其烦地来到所剩无几的冰封之地。这里香气四溢的山谷和柔弱的小丘从没有遭到冰雪的侵袭。春风好像松了口气，这里似乎没有可以让它唤起，因为这里的一切生命都从未睡去，一年四季都沉浸在芬芳夏季的清凉中。春天还是会有理由偶尔地造访这里,看起来就是个无所事事的园丁。春风掠过橄榄树枝,树叶被抚弄得颤抖不已,发出爽朗的笑声;它轻抚草儿,逗弄盛开的花朵,叫醒还未醒来的鸟儿,奖赏着努力工作的工蜂。快看,它把这里装扮成了伊甸园,像是掌控一切的上帝。也许它累了,就在那果实累累的橘子台上晒着太阳小歇一下。结束前,它还是不安地回望,将创造的美好一切都交托给了无私的阳光。

二

我紧跟春天的脚步,一同与它度过这些时光。我们来到博里加河的河岸,顺着溪流一直向下,到达卡雷,再下面是瓦勒格尔比奥,这里的小镇都充满浓郁的乡土气息,比如,梵提米格利亚、泰德、索斯帕罗,还有一些就建在岩石上面,塞特阿格来斯就是这样。克斯特里亚和克斯特林都是如此。下一站我们到达充满意大利风情的托尼,它是个让人留恋忘返的镇子。我陪它穿梭在街道间,生活在这里的人都不太喜欢里维埃拉式的生活方式,他们都沉浸在经典的乡村音乐中,随处可见临时搭建的舞台。舞台周围总是会围绕着热情的村民,他们来自不同阶层,可是在音乐面前都是同样为之倾倒的灵魂。在他们看来,这种声音是天堂里的声音。平静的树丛也如此地迷人,乌克兰人就安逸地生活在公路两侧,山坳里依然沉睡的池水在春天的温柔照料下依然美丽。这里好像是为了欢迎女神的到访特意装扮过一样。一条两旁是石墙的小径,也变得美不胜收。明丽的紫罗兰,伸展着枝叶的鼠尾南星花高举褐色的花冠,若你看到它翠碧无暇的绿叶,一定感觉像品尝了甜爽的井水。山谷被怒放的花朵们装点得像巨大的露天舞台,橄榄树也挂起了自己的一帘幽梦,使人如入梦境,拨开天蓝的暮霭,感受真实温暖的阳光。你会怀疑这一切是否真的,像进入了不真实的天堂。

这里的一切让人如此难忘，不愿离去。这永恒的美丽就像是走进了伊甸园，我们陶醉、沉迷，犹如自己已经成为了天神一般。

三

长长的海岸线周围有许多小小的山丘，其中有许多不易被发现的圆形露天剧场。在这里每天都会有令世界陶醉的童话剧演出，不同的是，这里的演员都是大自然孕育出的无声且美丽的生命。它们的演出每场都是美轮美奂，无论是日出东方，还是艳阳高照，剧目不尽相同，却表现出异样的幸福。它们如同一起玩耍欢乐的姐妹，都有着独自的美丽和与众不同，体态纤细的柏树；犹如音乐喷泉般跳跃不定的含羞草；成熟金色的果实为它做了一顶天然的大帽子；满山坡的柠檬树，犹如黎明时分藏匿着群星的山谷；大海那湛蓝深邃的目光，深情地望着这里的一切，目光留恋之处布满了林荫，蜿蜒曲折；小溪如同大海的泪光，隐约可见，晶莹闪烁；葡萄等待着成熟的佳期；青青的芦苇孕育着露珠，只为滋养那巨大的石盘，每次的滴落就像是甜蜜的一吻。一切都是如此的平静、和谐，处处充满了爱和幸福的气息。

四

我依然可以察觉到这里有冬天残留的痕迹，可是会藏于何处呢？冬天是残忍冷酷的君王，很难想象蔷薇、银莲花、蜜蜂、小鸟是如何忍受它的暴虐统治。在这样美好的世界里，春天还可以做什么？春天已经不被需要了吗？当然不是。

你细细观察，眺望远方，一定可以发现春天的作品。远处春光里，有几棵异乡的树木，它们就像穷苦的远房亲戚，默默来投靠亲人。它们的家乡被严霜、寒风所侵袭，变得抑郁而不安；这里无忧无虑的环境是它们所不曾经历的，也还不习惯；上天对于它们来说不再有信用，阳光的眷顾让它们不敢相信，朝霞为它们穿上了新衣更使它们畏首畏尾。在家乡，只有每年七月它们才会有如此的片刻享受。即使到了这里，它们还没有摆脱曾经的习惯，家乡下雪时，它们在这里依然颤抖恐惧，掉尽枝叶，进入冬眠。可是周围的一切都已经姹紫嫣红，蔷薇肆意地爬上它们的枝梢，炫耀着自己的活力。它们期待着属于自己晚到的春天，奇怪的是比巴黎的春天更晚。巴黎虽然还笼罩在寒冷的空气中，可是树木已经复苏了。这些异乡客虽然低调，但是在这春意盎然的山丘中，只有它们零落其中，融不进狂欢的队伍。橡树和山毛榉就是这样的冷漠，还有原本应该热情的葡萄树，为什么就连它也变得不相信阳光了？它们站在阳光下，就像是来参加复活节游行，毫无生气，或是病重病人，憔悴虚弱。即使这些异乡客来这里已经有了几百年的时间，依然还是老样子，好像依旧生活在冬天的阴影里。也许是曾经的伤害太过刻骨铭心，以至于这么长时间它们还是固执得那么难于接受新的家园。它们像是走过苦难的老人，已经习惯了苦楚，却无法相信幸福的到来。就在这些老古板的周围，生活着充满希望的植物，它们不知道过去，也不想未来，只是享受现在，投入这美好的幸福海洋之中。它们知道时间的秘密，享受当下的美好才是最重要的。尽管那些神明、长辈、拥有者都还在怀疑、踌躇，可是它们却乐观向上，相信爱的奇迹，繁衍生息，静静地绽放弱小但美丽的花朵。草坪上的花仙子穿着白颜色的裙子，纯洁美丽，誓与天空媲美的蓝色琉璃苣；银莲花永远都是烈焰一般的红，和白色的报春花相隔益张；锦葵就像一株株的小树；风铃花在风中摇曳，演奏美妙的歌曲；远处走来犹如亭亭玉立般的迷迭香；石缝中可以找到顽强不屈的百里香。

紫罗兰是其中最为抢眼出众的一位,它永远都是那样的柔美清涩。它收起了平日里的谦逊,不愿再躲避在叶子中间,青草听命于它,将其高高托起,好似女神一般压倒群芳,显示它气场的强大。就连被橄榄枝和葡萄藤装饰的露台都充满了它的微笑,布满了整个峡谷和山坡。它的芬芳如同山泉一样沁人心脾,空气变得更加清新。曾经有个古老的传说:整个世界沉浸在静谧之中,大地沐浴在清晨的雨露之中,好比少女清晨醒来吻上了第一缕晨光。

五

整个村庄都是外形小巧,颜色艳丽的充满意大利风格的房子,家家户户的花园都充满了春意。鲜嫩的蔬菜在它们自己领地里,健壮地生长着。你看,那位老人正在给橄榄树松土,也种上新的种子。最先披上绿衣的还算是菠菜。刚刚在睡梦中醒来的俄罗斯豆荚,好像又等待着下一次睡去。脾气多变的豌豆长出了嫩芽,招来了蝴蝶的来访,宣布六月已经到来。胡萝卜见到久违的阳光羞红了脸。草莓还是那样的质朴,沉浸在午后浓郁的芬芳空气中,把自己最宝贵的宝蓝色容器奉献给了大地。莴苣菜试图用它真诚的心留住那潮湿的雨露。

菜园里的智者果树一直在沉思,也被蔬菜的欣欣向荣所感染,分享着它们的愉悦。可是来自北方的亲戚,异乡的果树,依旧保持着谨慎、沉着,不敢参与其中。最终,这些异乡客终于也被春天唤醒,加入到这个充满爱的大家庭中,一同欢歌笑语。孩童般柔嫩的桃树,接受了黎明的洗礼变得爽朗清秀。梨树、李树、苹果树、杏树各个都是艳丽夺目。最富有的当数白色的榛子树,缀满了华丽的宝石,光彩夺目。满园的春色不再是为了讨好和等待,那谜一般的夏季,繁花锦簇也许只是为了自我陶醉,孤芳自赏再不是可怜,而是自信地绽放。在这不容错过的佳期，它们不再为四季忧心，不去考虑岁月的无情，只要慵懒时光的享受，绽放自我，无论一月还是腊月，四季美丽。大自然决心奖励它们的乐观向上，因为它们大方地奉献了美丽和带来了满满的爱心，大自然给予它们能量，赋予它们得体的身姿和迷人的芬芳作为嘉奖。在生命面前胆怯的其余生物都没有如此的特权。大自然永远更加偏爱强者。

　　山坡上有个美丽的农舍，被玫瑰、康乃馨、蔷薇花、缬草和木樨草包围着，春天在此正式宣布它的到来。花香四溢的春之源泉就这样在我们眼前登场了。就在此时，依然还是有些懒惰的家伙没有醒来，南瓜、柠檬、柑橘、酸橙和土耳其无花果，还沉睡在门边的台阶处，浪费了这明媚的春日。

蜜蜂的愤怒

一

《蜜蜂的生活》的出版，让很多人开始关注蜜蜂，希望我可以更加深入地阐明有关蜂巢令人恐怖的秘密，对蜜蜂展现出不能让人理解的、忽然发生的而又带有危险的狂暴攻击时是怎么想的，给以透彻的揭示。说实话，对于甜蜜的蜂巢，总是有很多刻薄而不科学的说法。篱笆把花园和街道分成两个天地，花开满园，还有很多的三叶草和木樨草，勤劳的工作者在花间飞舞，嗡嗡低唱，即使是最胆大的朋友来访，也会慢慢地走过去。孩子们的母亲总是很怕孩子们靠近这里，似乎这里变成了火坑或者蛇窝。刚刚开始熟悉的养蜂人，也不会鲁莽地打扰，他会武装好自己，皮革手套和厚厚的面纱是必不可少的，似乎要进入硝烟笼罩的战场，观察前方的下一个战场，只有这样他们才敢走进去，而不像其他人那样害怕。

是什么原因让人类自始就害怕蜜蜂呢？蜜蜂真的会威胁到人类吗？是否可以使它们听命于我们？面对蜜蜂的袭击，逃走和静止不动哪个才是正确的？为什么养蜂人可以不被蜜蜂蛰伤，他们是否有独特的方法和工具？这些都是初步走进蜜蜂世界和希望可以了解蜂巢的人心中最大的疑问。

二

　　大多数时候，蜜蜂还是很友善的，也不会主动攻击，可是它们比较善变，无法预测。对于某些人群，蜜蜂天生的具有强烈的厌恶；偶尔遇到情绪不高的时候，比如，暴风雨的前夕，在这种时候蜜蜂非常烦躁不安。由于嗅觉敏锐，蜜蜂对气味的辨别能力也很强，香水的味道会刺激到它们，更危险的是汗臭和酒气。事实上，蜜蜂是比较难以驯服的，它们把蜂巢建在人迹罕见的地方，很少有人活动，一旦它们看到人类出现，就会多疑而且暴躁起来。相反，受到人类细心培育的蜜蜂，在它们面前，人类并不陌生，它们不会不安焦躁，更不会有过激行为。为了可以更安全放心地和蜜蜂交朋友，分享一些小的技巧给大家，不过也要分地点和场合，大部分还是要自己去揣摩。现在，就让我们分析一下蜜蜂为什么会生气？

三

　　蜜蜂本来就是宽宏大量的，而且并不急躁，除非遇到了生命危险，否则勤奋的蜜蜂绝不会使用它们的武器。如果它采蜜回到自己的王国时，反应很极端，如果不是保持谦和，那一定会暴躁不安，甚至会有致命危险，主要取决于它所在的群体是否富有。在我们进行研究这种敏感的昆虫时，试图总结它们的行为习惯，我们的思维逻辑经常会被它们引入歧途。几乎所有的蜂蜜都是集体的力量，所以蜜蜂们誓死保护它们赖以生存的根本是合乎情理的。蜂房内储藏的珍宝和养蜂场没有差别，数不清的小蜂窝里充满了甜美的花蜜，好像成千上万的小桶被空运到楼顶，金黄色的花蜜顺着外壁流淌下来，像是洞内的钟乳石一般。昙花一现的花香就这样被它们保留了下来，即使花期已到，凋零的花儿留下了它们青春的芬芳；事实上，越是富足的蜂房，周围的防备越是松懈和薄弱。如果你打开了一个非常富足的蜂窝，甚至把它翻转，慢慢地赶走看守的哨兵，其他的蜜蜂可能都还没有发现你的举动，不会对你大打出手，即使这些财富都是它们辛苦地奔走在百花争艳的花丛中不易得来的。你可以尝试一下，我确保你的安全。请不要忘记，只可以动物产丰富的那个蜂巢哦。只要是这样的蜂房，你不用有任何顾虑，只管去翻腾，不会有危险；周围那些都是吃得饱饱的蜜蜂，它们完全失去了攻击性。这代表着什么呢？难道是曾经凶恶的它们丧失了勇气，还是富足安逸的生活，使大部分的蜜蜂把危险都留给了保卫家园、孤苦无依的兵蜂去抵挡？当然不是。经过调查，并不是安稳富足的生活使它们失去了斗志，而是，越是繁荣昌盛的群体，越是拥有更加严格的法制规定。对比起来，贫瘠的蜂巢，蜜蜂可能更加的快乐，它们不需要看国王的脸色；而富足的蜂巢里，国王对它的子民严格要求，苛刻无比，每个子民都要辛劳工作。有些原因是我们不能体会的，但是我们会尽量从蜜蜂的角度去理解和看待。其实也许是它们更想知道我们为什么有如此可怕的行为举动。自己的住所为什么瞬间会被人翻转腾挪一番。它们也许认为这是大自然的安排，去费力抵抗也是无济于事的，也就沉默地接受一切安排和变化。也许它们具有随机应变的智慧，暂时的改变，是为了更好地建立，不废不立就是这个道理。当然，也许它们就像故事里的小狗，只是贪图眼前的小利益，不肯接受一切已是定局，还是要奋力相争，死也要抢回属于自己的东西。我们当然不知道正确的答案，即使对于自己的行为我们都不能解释，何况是蜜蜂的做法和想法了。

四

无可否认，事实上，蜜蜂总是闲不下来，铸造着它们的城堡，互相簇拥，在这个环节中，如果出现了差错，大部队就会孤注一掷，蜂拥进已有的蜂蜜中，尽由全身沾满花蜜，尽情地享用着，直到自己胀满了肚皮，拖着臃肿的身躯。由于它们的身体不可能再弯曲，也就抽不出自己的蛰针，变得毫无攻击和战斗的能力。现在我们可以理解养蜂人使用烟熏的办法让蜜蜂战士处于半昏迷的状态并赶走它们的原因。第一，为了保护蜂巢，时刻保持清醒的兵蜂会被烟雾吓退；第二，这样就会引起混乱，刺激蜜蜂，使它们竭尽所能地纵情欢乐，最后失去攻击能力，只好缴械投降。这样在整个取蜂蜜的过程中，养蜂人不需要任何防护，轻轻松松地去打开那充满孔洞的蜂巢，查看情况，晃一晃，摆一摆，蜜蜂就会像小颗粒一样掉落出来，之后就直接取蜜，即使这个时候已经是失去家园的蜜蜂在旁边发出嗡嗡的声音，我们丝毫不会害怕，因为知道它们只是装腔作势。

五

即使这样，也不要没事儿去捅蜂窝，因为它们不可招惹，否则很难幸免。有时候使用烟雾也不能躲避2万多只狠毒而又焦躁的魔鬼一瞬间冲出蜂蜡城堡，蒙住你的眼睛，覆盖你的脸部，攻击你的双手，这是多么让人毛骨悚然的场面。听说，只有熊和狮身女怪斯芬克斯可以抵挡这恶魔军团的攻击，其他生物都无法阻挡。如果遇到这种情况，最好的方法就是逃跑，千万不能反击，因为它们是敏感的生物，愤怒会很快传染到这个王国的蜜蜂，召唤同伴一同发起攻击，在这种境遇下，你还是走为上策。

和黄蜂比较，蜜蜂还是性格温顺的，不会怒气冲天，无止境地纠缠，它们不会穷追猛打。如果你不能快速逃出它们的包围，最好就是静止不动，等待它们的平静，不要再去刺激它们，它们也就不会再捕捉人类的气味。由此可见，蜜蜂一般都是因为恐惧才会对移动的对象发起攻击。相反，若是一个静止的物体，它们就会马上停止行动。

相反的就是相对贫苦一些的蜜蜂，它们好像离死亡越来越近，它们的家园里没有足够的粮食，所以厌恶对于它们显然是没有作用的。它们不会因为扰乱就冲进蜂巢里大肆享受，重新建造更好的家园对于它们毫无吸引力。它们好像只是在等待死亡的到来，这是它们每天唯一在做的事情，面对死亡，它们会纵情放纵，但是依然热爱自己的家园，时刻守卫着它。它们的一生很像是在上演英雄的史诗。有经验的养蜂人都会献给这些复仇战士一点贿赂，之后才会移动它们的蜂巢。养蜂人会用藏有蜂蜜的蜂房，将这些蜜蜂先全部吸引走，当然其结果就和那些富有的蜜蜂一样的下场了，突然变得富有，自我迷失，自我膨胀，烟雾诱惑，缴械投降。

六

有关蜜蜂的暴躁以及它们捉摸不透的攻击心理，依然存有很多秘密。它们的愤怒总是令人费解，一直以来，许多农民都猜测是本能反应或者是道德的理由，就好像采摘葡萄的季节，必须是贞洁的处子之身才可以靠近，不会让不洁之身和背叛婚姻的人采摘。当然没有人知道是什么缘由。这些小精灵与我们同住在一个星球，对于未来我们都一无所知，它们对我们的极端反应，让我们不能理解和接受。对于它们却觉得理所应当。蜜蜂的一生都是和百花有不解之缘，花开花落间，它们在花丛中忙碌终生。它们讨厌人类从花中得到芬芳，这是什么原因呢？我们真的要相信爱远比不上圣洁的重要？还是这就是蜜蜂厌恶人类的原因所在？这是不是也道出了那些有关仇恨的起源之说？事实如果是这样的，那这种说法一定是那些故作懂得大自然一切奥秘的人编造出来的，他们把大自然想象成为是和人一样是拥有理性感情的，才会这样信口开河。恰恰相反，我认为最好的办法是，最好不要把我们理解或者解释不了的自然奇异现象，和人类的狭隘的思维混淆在一起，这样才能找到没有偏见的真正的真理。也只有这样，我们才会不停地探索到令我们惊讶和叹为观止的自然界的真相。

野 花

一

大自然的花园热情地向我们张开双臂，毫不怀疑地走近我们，满地的姹紫嫣红就好像是为欢迎我们特意铺上的地毯，花儿都在向我们问好，在阳光里尽情摇摆。初春的第一缕阳光总是在三月，普照在辽阔的平原上，就在这时，冬日里的冰霜化作了琼浆玉液，灌溉了雪莲和孤挺花，受了恩惠的它们演奏起春之歌，唤起万物复苏。随着召唤破土而出的花朵，好像是还没有睡醒，虽有花容，却比不上雪莲和孤挺花的美丽芬芳。你看那三齿叶的虎尾草、海篷子、根本看不到的荠菜花、两片对叶的海葵、没有醒酒的圣诞蔷薇、款冬、抑郁带毒的桂叶莞花，都好像是体力不足，极为脆弱，憔悴的粉色脸庞苍白而无力，貌似马上就会跌倒的病号。即使现在还是处于青年时期，可是在残酷的大自然面前依然脆弱无比。脸色苍白的它们，好像是被寒冬掳去的俘虏，刚刚逃出地牢的病人，身体还没有恢复。也许它们还没有完全复苏，刚刚走出梦境的它们，还是勇敢地尝试着，在这初春时分，虽然彷徨无措但依然争先恐后地冒出土来。

　　此时，它们就像是冲破乌云照亮黑暗的闪耀光芒。它们渴望拥抱宽广的大地，与它合为一体。机会已经到来，那噩梦索绕的黑夜已经不再，迷雾已经散去，那些城外被忽视的野花，也在空旷无边的自由天地庆祝这美好的时刻。有什么理由不快乐呢？和它们比起来，那些在温室里生长的花朵就显得太过娇嫩，还在某处畏惧地瑟瑟发抖。与此同时，野外的花朵们早早地就已经辛苦地开始酿蜜了。雨过天晴后，湿润的林荫小路和草地上都有野花的身影，它们默默地妆点着一切。这个时候田野里还是白皑皑的一片。野花生长在城外的野地，没有人去栽种，没有人来收割。它们在人人践踏的境遇下，还是依然享受着自己的美好华丽的一生。也许你不相信，前段时间，只有它们可以展示大自然的快乐。大概一个世纪前，那些穿着华丽，雍容华贵的野花亲戚们，它们从海外孤岛，从日本、印度远渡到这里，惧怕这里的寒冷。野花的子孙背叛了自己的祖先，帮着远亲们篡夺了主权和地位。在那之前，只有野花可以为忧愁难过的人排忧解难，带来喜悦，只有它们才能妆点家庭和皇家的庭园，也只有它们才能见证恋人们的爱情。

　　现在却是今非昔比，素雅平凡的野花丢掉了当初的光辉和荣誉。岁月往昔，为了表达喜爱之情，人们还给它们起了不同的名字。由此可见，当时人们对它们的重视、喜欢、珍惜。从这些名字里可以看出人们非常珍惜和感谢野花为他们带来的一切和付出。它们的名字都很高贵：公主、皇后、少女、仙女或是精灵。人们唤出它们的名字，就好似温柔的爱抚，温存的亲吻，像是闪耀着爱的光芒，抑或情的抒发。野花的美丽，语言难以形容，由于人们对它的爱慕，所以形容它们的词语都要精挑细选，谨小慎微。每一个辞藻都好比要用来装饰艺术品的饰品，一定是美妙绝伦的。当然这些花也有匹配它们美丽的名字。火一般红艳的罂粟，名字里蕴含太多闪耀和愉悦，可是那些任意妄为的别有用心的人类，却将它碾成粉末，同样配上了庸俗的名字——罂粟碱或是大烟。

看那边，是报春花（立金花）、长春花、银莲花、风信子、勿忘我、野旋花、淡蓝的婆婆纳，它们都花如其名，名字恰如其分地说明它们的美丽；还有那蝴蝶花和风铃花，彰显了花朵自身的天真外表，也许就连精通文学的诗人都很难起出如此恰当的名讳。这些花拥有惊人的意志和精神，它们可以韬光养晦，同样可以适应环境，无论要低头屈身，或是昂首挺胸，它们都会努力向上。

大家可能都很熟悉以上的几种野花，其实那只是一小部分，还有很多没有名气的野花，它们就默默地生长在乡间小路，拥有不被人所知的名字。金秋时节，万物丰收，农民繁忙，一片片收割后的金黄，大路两边堆满成熟的谷物，就在此时，你可发现盛开的轮峰菊走上了自然的舞台，低调谦恭，毫无卑微，些许粉黛，独有一番韵味。轮峰菊的周围散落着许多茅根花，像是散落在地的珠宝一样。它也叫金风花，就像它有两个名字，也同样拥有双重质量，它可以是你心中的圣女，天真稚嫩，像月见草一般亭亭玉立；也可以成为具有毒性、令人恶心的邪恶巫婆，吃了其花果的动物都会失去生命。更可以见到矢草花和金丝桃，别小看它小小的花朵，却很实用，它们如同腼腆的女学生，站在道路两旁，身着朴实的校服，等待检阅。和它们形成鲜明对比的就是那些野滥缕菊，还有大块头的生菜，它们粗俗不堪，成群结伙地散落着。如果看到黑龙葵，一定要小心地躲避危险。你很难找到南陀藤，它最擅长隐藏踪迹。美丽坚强的紫菀花，积极地攀爬着，成长着。它们都是从不张扬的野花，低调谦逊，也总是可爱微笑。秋天树叶开始渐黄，人们看到便知道秋天来了，秋意浓重。

二

无论是四五月里的春天，还是六七月的艳阳夏日，你一定都会记得那些令人难忘而富有诗意的花名。那春之韵律的美妙，以及晴空万里、晨钟暮鼓的吟唱，都是令人难忘的。雪莲或者孤挺花，在多种野花中，它们负责宣布严寒季节的结束。那些繁缕草瞬时爬上了树篱笆，问候着春的使者，即使它们的叶子好似绿色的汁液，还没有变为叶子的形状。远方走来了一群牧师的仆人：簑斗蓝、鼠尾草、素馨花、当归、回向，最后还跟着野蔷薇。凤尾蕨当属是这里的皇族了。茵菊和梅花衣，还有美人镜和剑兰，它们燃烧着阴郁，充满神秘。灯笼果里包裹着顽皮的灯笼花。天仙子和颠茄花，还有洋地黄，生长在荒芜的土地和阴郁的森林，它们好像是遮面的埃及艳后，也好像是毒辣的妖精。头戴华盖的柑橘却是严肃纯洁，像是微笑有礼的修女，想要奉上一杯清甜的甘露，手中的酒杯依然带着浓郁的土的芬芳。皇冠花是绿色的，而那薄荷的纯白，百里香的粉红，搭配得美丽和谐。再看那边的红豆、小米草、春白菊嬉戏玩耍，紫红色的是龙胆根，还有蓝色的马鞭草、春黄菊，长矛状的马蔺兰、五叶莓、委陵菜、黄染坊……它们的名字诵读起来就像是诗歌一样美丽。人们为了赞美它们的纯净、迷人，总是留出最美丽的语言和名字表达对它们的喜爱。它们就好像是戏剧舞台里最美丽的演员，神话故事里最美丽的舞者和诗人。在一些人的心中，野花的美丽远远胜过了莎士比亚书中的普罗斯帕罗岛，希腊神话中的提休斯迷宫也不及它们的半分，阿尔丁森林也比不上它们的浪漫。它们扮演着女神、天使、魔女、公主和女巫，还有贞洁烈女，瞧瞧另外一个是远近闻名的交际花、皇后和牧羊女正在交谈，它们无声无息地上演着大自然的华美戏剧。无数的黎明，无尽的夕阳，都成为它们的名字，同样表达了丰富多彩的情感。年少轻狂时，多少人为了观赏它们的美丽而停靠不行，而今，一切都已经不再，好像根本没有存在过一样。

三

现在田野里生长着千奇百怪的花朵，让人惊诧的同时，只能含糊地统称为"野花"。野花生长在天地之间，无人看管一般，原本没有任何用途，可是在一些古老的村庄，人们会采集特定的野花用于医疗救治，但是并没有大规模地宣传，也从未得到认可。相信传统医治方法的人们，还是会去药剂师或者草药先生那里讨要这些野花。尽管现在人们慢慢相信了它们的医疗用途，可是也不会再用古老的方法采集和制作了。时间长了，人们的头脑中就再也没有这些草药的身影了。如今农夫用各种工具和各种方法想铲除它们，把它们赶出这片土地；它们会失去最后的避难所，这里将会成为新的公路，不免被人践踏，被车轮压过，再无自己的领土。即使是这样，它们还是积极向上、心态平和、充满自信，成群结队地向着太阳致敬。四季交替，它们从没有过迟到，准时地出现在人们的生活中。对于人为的肆意铲除和糟蹋，它们从不介意，也不反抗，只是顽强地等待，只要一刻停止伤害，它们就开始大量蔓延，毫不退缩，不向任何人低头，如雨后春笋般生长开来。人类会人为地培育它们的子女，只能生活在我们的花篮里，可是那些野生的族群却依然顽强，始终如一，丝毫没有改变容颜，一样的花瓣，一样的花蕊，一样的花香四溢。它们好像在守护着生命的奥秘，还有那远古就有的从未改变的本性。自创立天地以来，鲜花永远与大地同在。我们可以认为，野花象征着大地的稚气笑容、不可改变的思想和永不妥协的精神。

　　一切都好像野花要告诉我们一些事情，我们也应该去虚心请教它们。永远不能否认，它们比我们更早地生活在这个未知的星球上，是它们陪伴着朝花夕拾和四季变换，引来了鸟儿的欢歌笑语，伴随着优雅的女子的纤纤身姿、飘逸长发和浓情蜜意，也是它们告诉我们的祖先，在地球上，有些事物虽然看似渺小，其实却蕴含着完美的灵魂，让人动容。

菊 花

一

　　雄美壮丽的秋日总是在十一月到访，万物丰收之季，无论我在何处，都会怀着虔诚的心去饱览菊花的美丽。无论是为了赏菊而远行，还是远行中欣赏那片刻美好，都是无关轻重的。菊花种类繁多，分布最为广泛，而不管是生长在哪里，都依然拥有相同的美丽身姿，就好像时时都身处美丽的伊甸园里一般。它们好像拥有同一个服装设计师，为时间和空间发出同一个指令，无论身处任何国家和地区的优雅女士们，都会装扮上本年度最为时尚的丝绸、蕾丝和珠宝，即使是发型，也是同样高贵。

　　正因为这个原因，无论你走进哪个落地的玻璃花房，都可以看到沐浴在十月阳光下，虽略带悲伤却雍容华贵的菊花。此时，你就可以马上捕捉它的精华，体会那耀眼的华美，体会这不同领域的一年中不经意的杰作，那就是在缤纷五彩的花的王国中的特殊权利。扪心自问，这个奇特现象对于太阳和地球，对于生活、秋季和人类，是否真的意义重大并不可缺失？

二

就在昨天午夜时分，我参加了一场一年一度的五彩绚丽的鲜花大会。在雪花到访这个星球之前，这是最后的一场盛宴了。寒冬一旦到来，这一切的美丽和绚丽将不复存在，会被一条雪白而又宁静的被子覆盖，这条被子把它们带入黑暗和寂寞之中，它们将沉睡，再无任何节目，当然新的一年它们会再次醒来，这次沉睡其实是一次肉眼看不到的能量积攒，这样才能有更加芬芳的新生命。

在十月的大地上，一切似乎都已经准备沉睡，一切都笼罩在雾气中，菊花就像这广阔荒芜大地上的高贵领袖。秋天里，它是严肃的花之仙子，会因为一句暗示马上停止舞动，肃静地站在那里。假如你能分辨出菊花，并且可以学会去赞赏它，那么当你第一次看到它，你可以愉快地发现，它们是积极向上的，而且是有意愿去前进，去更靠近一些未知的理想。让我们首先来了解一下它的出身。你还记得那曾经伤心不已的毛茛，还有那总是佯装愉快的玫瑰，装饰着都是落叶的街边，零星会出现在花坛里。拿它们与古老的唱片、地球仪、老旧的银球石膏，以及水晶奖杯对比，花瓣所创造的奇迹好像努力告诉我们最后的答案，展现了秋日的色调和形态，过不了多久寒冬会让一切沉睡。快来欣赏这无比美妙、千姿百魅的菊花吧！

这些眼前的星状菊花，真是让人称奇，姿态各不相同：沉睡的、凸起的、透明的、厚重的、柔软的，它们甚至连接在一起像一道银河，呼应这天上的星。有些犹如骄傲的羽毛等待着它的露珠降临；有的像是一首颂歌，歌颂着那美丽的长发，就连梦中的我们都会感到惭愧。那美丽的长发，光亮顺直，没有任何毛糙，尽情显示，享受着人们的称赞，发出月亮的光彩，又像灌木的金黄，犹如席卷的飓风。当然也有拥有一头卷发的菊花，像是微笑的女子，飞舞的天仙，又好像冷艳的女神独有的美丽卷发，还有那天真的不知忧愁的孩童，它们好像在接收着神秘的安抚，平静而祥和。还有很多奇怪形状的菊花，有的像刺猬、蜘蛛；又有的好像卷心菜和凤梨；那边的又像彩球、贝壳；更大的好像烟花绽放，一串跳动的火花；羽翼般的花朵让人遐想联翩；有些又像是冰凌、雪柱，而旁边的好像融化的岩浆、火苗，也许只有在这里才能欣赏这么极致的美丽。

三

我们已经知道了菊花的各个形态，接着我们来看看它那曾经被禁锢的、不常出现的色调。秋天从不允许其他的花朵有同样的颜色来装扮它，却独独让菊花享有了特权，可以用丰收的颜色，装扮秋色的财富，它把一切的宝藏都给予了菊花。它赐给菊花森林雨露滋润的、暮色里平原的所有作品，花园中甜美的甘露。在枯叶的妆点下，菊花显得更加华贵，它们可以任意去拿枯叶中的宝藏，这是秋日对它们的奖励：金片、青铜牌，还有碾碎的琥珀、烧焦后依然很美丽的黄宝石、美丽的黑珍珠，还有已经被烧灼的石榴石，茶晶依然绚丽夺目。风把这些宝藏散布在大地的各个角落、路边、山谷……秋天是菊花的主人，它赋予它的一切都是要用忠诚做代价，它不允许任何事物的背叛，菊花为了感谢它，为它穿上了美丽的衣裳。秋天不允许它的仆人为春天、冬日、夏夜制作同样的衣裳，这亮丽美好的衣衫。偶得的粉色小菊，就好像蒙着面纱祈祷的女子惨白面色下的红唇。菊花不会投靠夏天，觉得太过幼稚、轻狂，它不喜欢庸俗的鲜艳,张扬不是它的个性。不管怎样,秋日不喜欢艳丽的红色和过于夸张的紫色。而蓝色,无论是蔚蓝还是深蓝色,它都不被秋日接受,因为天空永远会是俯视大地的,矢车菊、长春花永远都不被秋天喜爱。

四

  可惜的是,由于大自然的些许不认真,那本来只属于叶子的绿色,却出现在花朵里,这是极为罕见的,本来只有带毒的大戟属植物才会拥有绿色的花冠,可是现在它好像叛徒和间谍一样地潜入,或者说是逃兵摆脱束缚的方法。绿色违背了约定背弃了黄色,小心翼翼地把黄色推进了变化多端的月光蓝里。绿色投奔了黑夜之色,犹如猫眼石掉入了深深的大海。绿色只被允许点缀花边,无助、脆弱,同样不可掌握。绿色却有自己的方法不被忽视,它要证明自己的存在价值,而且它对目标极为坚定;就是这样的决心,它开拓了自己的入口,这片被扔掉的棱镜把所有的欢乐和美好全部推进了一个新的世界里。在那里,绿色才是这个盛宴的主办人。在花的世界里,这绝对是一次颠覆性的征服纪念。

  我并不觉得沉浸在花的世界,沉迷于色彩斑斓的国度是一种不成熟的表现。有一部分人努力地在研究如何使花朵更加美丽,拥有更奇特的形态,当然大部分人都不会是拉布吕耶尔笔下的郁金香,或者李子的爱好者。你是否还记得那个精彩的故事吗?

  "很久以前,有一个爱花的人,他每天早上都会去他在郊外的花园,日落的时候回家。有一次,他站在一株名为'宝石'的郁金香前,看了很久,他睁大眼睛俯身凝视,不停地搓着手,好像从来没有见过这么美的花;他喜出望外,环视了一周的花,'珍珠'、'寡妇'、'金钱'、'阿加纱',最终还是注视着'宝石'。他就一直看着,不觉得饥饿,累了就坐下来接着看,美丽的郁金香,美丽的线条、颜色,还有轮廓,就连它的形态和花萼也是美的;上帝和大自然在他的眼里已经没有了位置,他的眼中只有郁金香的球茎,现在就是让他做皇帝也不会让他动心。可能只有郁金香凋零了,他才会把它送给你,那时已经是康乃馨的世界。这个痴迷虔诚的人回到家,感觉饥饿难耐时,想到他今天饱赏了一天的郁金香,又觉得很欣慰知足。

"还有这么一个人,你如果和他说起今年的丰收庄稼,发现他只在乎果实,对你却没有兴趣,那和他说说无花果和甜瓜。假若你告诉他今年李子压满枝,李子大丰收了,他同样不会理睬你,因为他关注自己的李子,对于你不会理睬。他很可能只喜欢一种李子,你根本没有必要告诉他太多的品种,他也不会听你说。他会拽着你去参观他的李子树,然后非常小心地为你摘下一颗,分成两份,一份给你,一份自己享用,还称赞道:'多么好吃啊!你一定很喜欢吧?这可是其他地方都找不到的哦!'他假装谦虚,可是他的鼻孔出卖了他,它由于骄傲地兴奋而张大。这是多么奇怪的人啊!即使没有人认可,他也会自我欣赏,感到满足。在他健康的时候,我要好好地看看他,他的表情和神态都是极为吸引我的!我会记住这个平凡的快乐李子专家。"

也许拉布吕耶的故事的确是夸张的,但在同期的作家里是别具一格的,所以我愿意理解和欣赏他的作品。在当时的作品里,只有他是用这样的手法让我们欣赏了17世纪的花园。当然,我们可以看出他作品中的爱花人都是独特而又极端的,这种狂热让人不能理解,可是同样也反映了花圃对人们的吸引,以及花果的丰富多样、香甜诱人。现在让我们想想可怜的花园,那些不被重视的菊花,它们长在简陋的花园中,而创造了自己的奇迹。大概一个世纪以前,这些爱好者都是平凡无奇的,也正是这些普通的爱好者,用无数的辛勤努力创造了现在的美丽花园中的一切,即使有时他们的行为被人觉得滑稽可笑。

由此可见，人类获得的财富都是用这样的方法和毅力。大自然没有一件东西是渺小而无意义的。每每我们痴迷于一项事物时，比如贝壳、蝴蝶翅膀，抑或树木花草，这些看起来微不足道的事物往往会给我们惊喜，我们会发现其中蕴藏着许多真理。其实在自然界中，改变花的形态并不是件难事，只要你仔细钻研就可以。如果你可以更加努力思考，也许会获得更多的发现。我们为什么不能赶超或者背离那些充满奥秘的大自然的规律？为什么不能超过，反而要受到限制？我们短暂的生命为什么不能凌驾于永恒的力量之上？我们是不是可以为这种几乎超自然的能量再定义一个新的概念，用来颠覆原本的秩序？尽管我们的理智告诉我们不要去追求那些荒唐的梦想，可是这种永恒的意志难道不是我们的希望吗？总而言之，一切的一切，可以看到的事物，任何有关联的东西，难道不是在统一的规则下发展的吗？万物都遵循着同一个本质和行为规范，都会令人惊奇和不可思议。 因此，我们现在只是在研究花草上稍有成绩，或许有一天，我们会在其他的未知领域有更多的成绩和胜利。

五

所以，我爱菊花；所以，我关注菊花的发展就好像它是我的兄弟一般。在我们熟悉和了解的植物里，在漫长的岁月里，菊花是我们所见过的最顺从、最温婉、最灵活而且最专一的花朵。我几乎总是为它浸入思考之中；这也许就是人们所说的境界。也许某一天，植物的领域要告诉我们一些未知的奥秘，也许就是靠坟墓前的一簇菊花，到时，我们会知道生命的最终含义。这好比动物王国里发生的事情一样，它们通过狗来向人类传递信息，这样我们可以了解动物领域里的一切秘密。

往日繁华

一

就在早上，我又去看了我亲手种的花。因为惧怕那些原野的牛会来踩踏，所以我用白色的篱笆保护了它们。我想起了许多在森林、田野、花园、橘园，还有温室里绽放的花朵，我们要感谢这个奇迹的世界带给我们的一切，当然也包括蜜蜂。

真不敢想象，如果我们对花朵毫无认识，会是什么样的状况？假如没有花朵，或者我们根本就感触不到花朵，就好像我们无法进入仙境一般，那会是多么的痛苦？如果真的发生了，人类的品格、能力、审美、幸福感，还会和现在一样吗？当然自然界中有很多的奇迹，美丽而又壮美，有些是无法用语言形容的绮丽。星辰和日月、天空的蔚蓝、太阳的光辉、大海的深邃、黎明与黄昏的交替、高耸的山脉、低下的盆地、江河缠绕着森林、阳光总是和树木捉迷藏，我们周围的一切美丽，鸟儿、珠宝、女人，它们都是为了装饰这个星球，而后三种——鸟类、珠宝、女人都属于自然界的笑靥。缺少了鲜花的陪衬，一切的景致都会黯然失色，大地永远像是贫瘠的沙漠。如若这样，顷刻间我们生活的地球会变得索然无味，那么美好的一切在我们心中就不复存在，那最最植根于地下的部分已经被封印了。我们的心灵也会变成贫瘠的沙漠，慢慢没有热情，变得坚硬，所有的快乐和美好都沉睡了，对美丽的记忆也被删除干净。我们也感受不到在宇宙的某个地方，含有颜色和情调的无限天地，我们也许没有机会可以看到，世界轻而易举地创造了各式各样的新奇欢乐，神奇的和美的阳光的照射。花朵让我们知道了绚丽，让我们看到细腻微妙的世界，这个神秘的天地已经开始向我发出浓香的邀请，为我打开大门。在我们无法感知的地方，弱小的草儿、无名的树胶、蒴蒴果儿，就连那一抹初阳，就在黑夜逼近时，海水的气味，都让我们感受到了快乐的存在。真不敢想象，人类幸福的声音将会消失。假若根本没有鲜花，那么人类的语言将会没有美丽的滋润，我们生活中就不会有色彩，我们心灵中美好至极的东西也会索然无味。我们表达爱情的词汇，几乎都出自花香的描述，来自赞美花的笑靥。我们每每坠入爱河，会感觉所有美好的花香都展现在眼前，给我们带来无法形容的感受。如果没有鲜花，幸福就会像沉入海底的银针无法找寻。也许自我们出生，伴随我们长大，心中一直有花朵在绽放，就像我们的祖先所拥有的巨大财富，它会带领我们寻找快乐的源泉。当我们感到快乐时，就是在财富中挑取了属于自己的那一点。就是这些花儿在我们的世界里传播了爱的种子，带来了爱的芬芳。

　　也是这个原因，我一直钟爱着朴实、更富有大自然气息、历史悠久的花儿。这些花儿一直陪伴着人类的演变，它们美丽，善良，与我们同在这个星球几个世纪，见证了我们的生命。它们把乐观、善良、向上的种子栽种到了人类的心中。

二

可是此时它们又躲到了什么地方？现在的"奇花异草"和它们比起来并不是稀奇少见的，很少能找到它们的踪迹，也许快要绝迹了。我们很有可能会真正地失去它们，其中一些就是由于绝望，慢慢地也要消失了，它们的种子也在荒野中灭亡，以后园中再不会有露水的滋润。以后若要看到它们的样子，只好到古书中的插图，或是破旧的苗圃中查找。

一些从秘鲁、好望角、中国、日本远渡重洋来到这里的外来客占据了它们的未知，花坛和花篮已经是别人的领地。有两个最为霸道，一个就是秋海棠，它肆意地疯长，蔓延开来，就好像战斗中的斗鸡抖动着花冠，鲁莽的匹夫一般，不管是宁静还是喧闹，黑夜还是白昼，也许是午饭后的休息时间或者沉睡的深夜，它们都在肆无忌惮地显示自己，用一种不悦耳的声音吸引别人的注意，除此以外别无他法。还有一种是杂交的天竺葵。它虽然比秋海棠要谨慎许多，但依然很张扬。它若不是那么不可一世，其实也还是很可爱的。它们有同时自异乡来的花朵和植物做后盾，有些甚至比它们还要狡诈，它们的叶子交织在一起，打乱了这里草坪一贯的和谐之美，像一块块拼凑的拼图。它们就是这样团结地赶走了曾经在这里生殖繁衍并用生命妆点大地的本地花朵，这里再没有本地花的一席之地，大门前再没有淳朴的笑脸迎接来往的客人。台阶上、大理石的花坛中、湖畔边、花瓶里，再不会听到它们的低低细雨和温存呢喃。有些被放置在菜园里，有些被丢弃在无人问津的角落。有些会发出刺鼻味道的草药，例如鼠尾草、龙蒿、茴香占据了台阶，也是因为人类可怜它们，把它们当做退休的老人继续被留在了园内。其他的花都像卑躬屈膝的可怜虫，只能屈身在马棚、厨房或者地下室的墙根处。它们害怕被赶走，尽量用叶草掩饰自己的华丽和芳香，唯恐被敌人发现。

就连这样，那小气爱嫉妒的天竺葵和暴躁易怒的紫色秋海棠还是发现了它们，最后强行占据了它们简陋的栖身之地。它们又被迫迁移到农场、墓地、远郊的花园和仆人的房子以及修道院内。如果现在我们还想看到它们天真质朴的笑脸，就要到那些年久失修倒塌近半的茅屋，或者郊外苗圃园丁的酷热难耐的小屋才能找到。只有这样的地方它们才能不受迫害，可以安宁地成长，没有恐惧、没有顾虑地繁衍生息，就好像曾经的家园。在从前还是马车代步的年代，从屋子四周的石子墙，穿过白色栅栏，从有鸟鸣的窗口到远方的公路，除了那些永恒的生命，它们同样见证了春去秋来，雨雪风霜，日月交汇，蝶舞莺飞，也衬托了寂静的黑夜和美丽的月色。

三

毛茛、桂竹香、紫罗兰，勇敢坚定的往日繁花。我们只能通过细微的特点来区分这些田野上的花朵，它们用一缕清香，或者一抹姿态来展现着自己，同样拥有美丽的名字。每一类都有三四个名字，好像是获得的不同奖章。紫罗兰在断壁残垣处歌唱，为石板路驱赶着忧伤。你看那园中的夜来香、报春花，还有那五金花，远处山谷里的东方风信子、藏红花、香气扑鼻的紫罗兰，还有洁白的百合、簇拥的勿忘我、美丽的小雏菊，它们好像是在传达二月里太阳的信息，还有那水仙花诗人，带领着九轮樱、香雪球、可爱的虎耳草、美丽的银莲，带来了大自然对大地的初吻，唤起了人们的笑容。在它们身上完全看不出脆弱和恐惧，处处展现了智慧和勇敢。它们带领青草，使春回大地，万物复苏。草儿新鲜得如同漂浮在池中的蓝色水花，清晨滋润着渴望的生命。它们短暂得像儿时的梦，浮想联翩却精彩纷呈，在梦里都是率真的可爱，同样因为太早的绚丽缤纷，过于忧伤的感怀变得鹤立鸡群，远远超越了那些无原则承受的花朵。

四

这里迎来了美丽多彩的夏之女儿，它们纷繁无序、喧闹调皮地在晨光朝露中嬉戏，拥搡着翩翩到来。它们光彩四射，仪态万千，白纱遮面的小姑娘，绑着紫色绸带的贞洁女，放暑假的女学生，跟着面色苍白的修女，忧郁气质的流浪女孩，当然还有看起来就是个长舌妇和刻板的女人。明亮艳丽的万寿菊用自己的气质打破了花坛中一片绿色的单调。雪花般的甘菊，一直陪伴着顽强的茼蒿，这样你就不会再把它错认为秋日的日本菊。远处高高直立的向日葵，每年准时向太阳致敬，犹如虔诚的牧师带领着四周的祈祷者，紧紧跟随着它崇拜的神明。晨风调皮地打翻了盛满阳光的罂粟的杯子，扬长而去。土里土气的飞扬草就像井底之蛙，觉得它的美丽胜过了蓝天，瞧不起周围的三色旋花。而三色旋花毫不客气，说飞扬草就是庸俗的蓝色堆积。二月舌唇兰像是穿着美丽花边连衣裙的小女仆，勤奋地洗刷着花坛边。香水提炼师当属木樨草，它总是默默地钻研香气，带给我们天堂的气味。富贵的牡丹专横地霸占着阳光的精髓，涨红的脸预示着它将要到来的怒放时刻。林荫道被红亚麻点缀得丰富起来，马齿苋贪婪地爬满了地面，好像在圈自己的地盘，划分成紫红、浅黄和粉色的区域，也不无美感。

看到可爱的大丽花，你一定认为它是被雕琢在肥皂、猪油或者是蜡上的可爱大球，凸显的雍容，让人觉得和蔼可亲，它像一位老太太到访了乡下的假日。当然还有福禄考花老爷爷也来到了，它挺立在花中，怕被看出年岁已大，绿叶衬托出它爽朗的笑容，如此的慈祥、和蔼。大家闺秀一般的锦葵，微风拂过它的脸颊，它会不好意思地泛红到了花冠处。还有那调皮的小长尾鹦鹉——旱金莲，它攀爬着栏杆向上。木槿、木芙蓉、蜀葵都是拥有美丽名字的少女，同样拥有胜过少女酥胸的花结，它们是如此的春光乍现。而金鱼草和透明的凤仙花却像是小家碧玉般的羞涩，它们的花朵不敢离开主茎半步，紧紧依附着生长。

婆婆纳拥有长长的叶子，喜欢簇拥在一起；红色的委陵菜香艳动人；剪秋萝并不是上了年纪的老人却总是皱着叶子，一副老态龙钟的样子；还有很多拔地而起的火箭：夕阳松虫草、紫杉萝卜、毛地黄、洋地黄，它们都是喜欢安静地站在古老房子的角落里。还有那欧洲毛茛，美洲娄斗菜，和你捉迷藏。石竹昂首仰望天空，又细又长的茎托起精致的脸庞；月见草总是偷偷摸摸的，悄无声息地打造着"圣域钱币"——扁平的银片，它经常和小精灵或者仙女在月色下交易这已经是公开的秘密了。你是否还记得那个大孔代亲王，他给这里留下了宝藏，栽种下种子：秋福寿草、丘比特胡须、甜蜜威廉、老石竹都是他的杰作。

你抬起头可以看到，周围的墙壁、篱笆、棚架和树枝间，都被攀缘的植物占据了，它们像是调皮的小猴子在做着游戏，翻跟斗；又像是到访的鸟儿，俯冲向下，又仰首向上飞去，像是要亲吻天空。西班牙豆和甜豆在自豪地宣布着它们不再属于蔬菜王国，而是花的子民。金银花和旋花在谦逊地聆听。忍冬花把自己的香气奉献给露水，让大地变得芳香，这样做的还有铁线莲和甘草。你看那窗户的白色窗帘处，发现金字塔风铃草联合了铁丝，做成了色彩纯美的花环，献给鸟儿和天空。这是多么神奇的花的王国，它们可以成烟，也可以似雾，如果你是第一次看到，一定不会相信这都是真的，必须触碰那神圣的蓝色才能见证这一切的真实。它们让你置身朝雾之中，感受着湖水般的纯净，享受梦幻般的美景。

这时我们迎来了走在神圣光辉下的掌门人，白百合出生于贵族之家，当然会受到如此的礼遇和权利。这里的山谷、菜园、低矮的树丛、水泊的一切植物都奉它为公主。百合的高贵自诸神时代，代代相传，无论何时何地它都会展示它六瓣银杯形花朵。百合拥有古老的权杖，它举起之时，周遭就会出现令人肃穆而又圣洁璀璨的光环。

这些我记得和我忘记的花儿，都集结在这个智慧老人的花园中，也是这位智者让我迷上了蜜蜂。花坛是对称而建，花仙子们各显其能地展示着自己的身姿，椭圆、四边形、菱形。黄杨木的篱笆、瓦石或黄铜链子将它们围拢，好像怕被偷走的贵重物品。很像是雅各·卡茨出土的文物一般的器皿。这里的花朵有的按照品种栽种，有的按照颜色，有的是形状相同的种在一排，而有些却没有什么规律。我们不能控制风和阳光，因此有时会呈现恐怖阴森的色彩。这是大自然的态度，它认为所有生命都可以创造自身的和谐，没有任何的不协调之举。

这是一幢刚刚粉刷过的房子，像粉红色的贝壳一样美丽，上面被掏空了十二扇明亮的窗，被白色薄纱遮住里面绿色的百叶窗。早晨可以透过它注意到醒来的花朵，灌溉钻石一般晶莹的露水，又可以伴着繁星睡去。在这温馨的花园里，每天都可以感受到乐观和理智的情怀。

远处是一望无际的草坪，牛群好像一动不动，两条清澈的河水流过。路边矗立的大风车，低着头向路过的行人热情地招呼着，俨然像个传道士。

五

在这个未知的星球上，还有比闲来无事时可以照顾花儿更加幸福的事情吗？我很羡慕这朋友的住房，可以建在赏心悦目的花丛中。上帝为了获得可以被美丽的色彩装扮，充满芳香，还有蜜蜂的陪伴，才创造了这么多美丽的花朵吧！

我的朋友每天都在欣赏着这些美丽的事物。他注意到这姹紫嫣红、瞬息万变、很难抓住的美，就连空气中也会充满着芳香的韵味，使夜晚格外的温馨浪漫，还有那浓情蜜意的阳光，瞬间的欢愉，勇气可嘉的黎明，神秘莫测的蔚蓝天空。他不但是沉浸在斑斓纷繁中，而且还保有一丝梦幻的希望，这使人感到更加的不解与困惑。他想探究其中的秘密，得到它们之后，才能帮助更多人。我对自然界的法则一窍不通，也不明了宇宙的奥秘在何处。这种思想也许会在纷繁的时候崭露头角，并努力使其他生命更加快乐，使生活更加美好，更加有创造性。

六

称它们"往日繁华"并不是很准确的叫法。因为它们并没有真正的过时。通过追溯它们的历史、研讨它们的族谱，人们惊诧地发现：其中大部分花朵都是极为简单、普及的，也都获得了新生，它们是自由的、被流放的、漂洋来到的异乡客。好像任何的有关植物学的论文都可以查到它们祖先的由来。例如，郁金香（前面我们提到的拉布吕耶尔的"孤独"、"珍珠""玛瑙""金衣"），它来自16世纪的君士坦丁堡。与此同时的印度、墨西哥、叙利亚和意大利送来了毛茛、银杉草、玫瑰剪秋萝、雁来红、蜀葵、倒挂金钟、皱业剪秋萝，以及金字塔风铃和凤仙花。1613年出现了三色堇；1629年紫山萝卜问世；1710年出现了金篓子；1771年有了虎尾草；1775年长春亚麻出现；1891年有了蓝盆花；1713年长叶婆婆纳出现，而宿根俘房考出现得稍早一些。1713年印度石竹出现在我们的花园内，长夏石竹近期才出现。1828年马齿苋才来到这里；1822年紫扬苏叶先来了一步。藿香蓟只有两个世纪的历史，可是却很普遍。蜡菊和长久花就算是更加年轻的了。白日草已经百岁了。西班牙豆原产南美洲，甜豆来自意大利西西里，移民到这里已经 200 年了。1699 年来到这里的春黄菊,现在要到无人可知的废弃村庄才能找到。法国大革命的时候,醉人的蓝色半边莲从好望角来到我们这里。1731 年翠菊来到我们身边。得克萨斯的德拉蒙德俘房考在 1835 年来到这里,现在随处可见。你一定认为月桂是我们本地的花朵,大花朵朴实得像农民一样,可是它也是 250 年前移居来的。矮牵牛是 25 年前的新移民。我们一直喜爱的木樨草和天芥菜大概来到这里 200 年了。不管你是否相信,大丽花是 1802 年才来到这里的,唐菖蒲好像是昨天刚刚搬家到这里。

七

现在想想我们祖先的花园里还能有什么品种呢?一定是没有什么色彩斑斓的大朵紧蹙的花朵,也许和路边、野外、森林里的花儿都是一样的。不得不说,16 世纪的花园是很单调的。之后堂皇的瓦尔赛为我们展现了今天只有到废弃的远方村庄才能看到的花朵。你可以找到紫罗兰、雏菊、铃兰、万盏花、芙蓉、秋水仙、丁香、勿忘我、玫瑰、蔷薇,当然有华贵的百合。这些花在森林或风雪中的田野,毫不吝啬地向我们的祖先展露笑容。它们并会觉得自惭形秽,因为它们根本不知道还会有除它们之外的花朵。文艺复兴是个伟大的时代,带来了人造日光,还有旅行的兴起。整个星球上的美好花朵,一切的努力和成就,都可以在我们的土地上生根发芽,孕育快乐的思想和希望。大地上生长了我们向上天祈祷得到的美好事物,阳光给予它生命。人类历尽艰辛,从宗教、奴役、腐朽走出来,不再浑浑噩噩。他们走近缤纷灿烂,生气勃勃,芳香宜人的大花园,像噩梦惊醒的孩子,眼前是一片美好的惊喜。他们的眼前汇集了鸟儿和花儿,甚至有森林、海洋、高山、流水,他们听到花儿在传达大自然的秘密。

八

  直至现在,我们没有不了解的花朵了。大自然赐予爱情梦想的方式已经被我们掌握,甚至自然界是如何达成它对美的渴望方法我们也了如指掌。其实它为我们张开了温柔的怀抱,献给我们最美好的发明。我们无形中了解到了无形神秘的力量,而且利用它变得更加振奋。也许你觉得在通往墓地的道路两旁,和花坛中多一些花朵并不是很重要的,也许都不会得到你的注意。但是那里有来自它们真诚的,毫无虚假的微笑,这一点是我们的祖先没有过的待遇。这种无限的令人幸福的力量可以完全四面扩散,甚至可以到达无人注意的废墟。无论是穷困家庭的门前,还是有钱人的豪华公园里,每一株花朵都是大自然美丽的发明,展现同样的华美与缤纷。世上任何的美丽都不及一支花朵的美丽。花儿将美丽色彩覆盖大地,它体现了自然界的公平,它宣告着幸福感是平等的,所有人都有权利获得。这预言着,最终,人类一定可以生活得平等、安宁、永恒。当然,这也许只是个猜测,我们美好的希望。假如回想我们曾获得的成功,好像开始都觉得不是重要的。我们的头脑用新的想法去丰富,心灵也需要新的灵感,这也同样不是很重要的,而这却让我们距离自己的目标和期待越来越近。

  我们好像面临着一个新的事实,不可逆转:我们现在生活的世界比往昔更加美丽,花朵更加繁多。也可以这样说:人类的思想更加成熟、理性,更加渴望公正,追求真理。无论我们的幸福有多么渺小,悲伤有多么微不足道,应该被记入历史史册。我们必须面对这样的事实:最终我们一定会了解那些无形的力量;我们也正在找寻和遵循主宰万物的神秘规律;我们将会适应这个未知星球的条件;我们在粉饰我们的家园,用一切美丽去完善它,开拓这幸福和美好的地方。

 真 诚

一

爱，只有处在坦诚的状态下，才会带来本质和长远的美好幸福。除非我们可以获得和给予这种真诚，否则，爱不过是一场试验，或者游戏。曾经的甜言蜜语，海誓山盟，热情的拥吻，不过是昙花一现，期待最终只会是一场空。可是真诚并不是每个人都可以拥有的，或者说只有高尚的人和受过品格教育的人才会拥有。除此之外，只有良心是远远不够的。假如天生本就该带有真诚的品格，不可缺失，那么良心就该是与生俱来的，相似的程度，相同的质量。而爱里面的良心和真诚若是配比相当，那么就该是巧妙设计的结果。由此，那些失去的生命，一生也许都不曾拥有彼此真诚相待的另一半。

其实，对他人真诚之前，我们首先要对自己学会真诚。真诚属于一种意识形态，也就是对所有的行为的意识分析。正是因为有了它，一个人才能对另外

一个人坦然相对，他们才会一起得到真诚所带来的快乐与幸福。

我们可以这样理解，真诚不是为了完善人类的道德质量，使人类完美，而是带领我们走到另外一个方向，当然，那可以是个更高的层次，当然这取决于个人意愿。那是个充满更丰富的人性的层次。我们都知道，对于完善品格方面，简直是一种没有任何意义的资质行为，理所当然地和本能生活方式会被抑制，最后，这个本能成为其他生活的唯一出口，而其他生活是我们可以从容掌控的。这样的完善大部分是对我们热情的压制，我们不再有野心、骄傲、虚荣、自私、享受，简单地说，这所有的欲望带来了我们对生活的激情，也是动力，是我们存在的根本力量，这些不可以被取代，当然也不能被遏制。如果我们这样就会在生活中无法呼吸，而且只能用对失败的思考作为代替，过不了多久，我们就没什么活着的意义了。

所以说，对于人类，没有错误，没有缺点，没有欲望和激情，是不太可能的。因为只要是人，那么就一定会犯错，一定有他的缺点，其实我们所说的欲望、激情和过错，都是人类最本质的特性。当然，我们必须要正视我们所拥有的特点，这是非常重要的，无论是细节还是秘密，我们要提高自己的眼界，在高处俯视看清我们的特性，如何可以发挥它的作用，我们尽可能地做一个旁观者观察自己，这样我们就不用害怕面对自己的缺点，不会任由它们脱离我们的控制，不必担心无意间会伤害到我们爱的人。

我们变为观察自己的一个旁观者，本能毫不隐藏地展现在我们面前，就连最卑微的和最为自私的那个自己，也逃不开我们的眼睛。我们会看到蠢蠢欲动的另一个自己如何发挥作用，当然我们不是故意要去犯错（只要我们保持清醒的理智，并且配合观察能力，就不会出纰漏）。人性恶的一面在支配我们，但是我们只是观察，不会伤害任何事物和人，就好像小孩子在父母的监视下不会犯错误。即使我们放任不管一段时间，它们也不会惹什么大的祸端；它们是有责任的，弥补曾经的错误，这样它们只能更加谨慎地表现，长此以往，一定会戒掉作恶的习惯。

二

那么在我们可以真诚地对待自己的时候，并不代表在遇到其他刚熟悉的人也会表示真诚。即使是个真实和坦诚的人，也会隐藏他的内心和思想，因为这是他的权利。在没有确定自己的理论是否能被接纳和理解之前，最好不要去提及。你头脑中想的一切，可能与他们头脑中想的根本不同，也许截然相反；如果在你说出后，他们不会相信，那么就和你真正撒谎受到的伤害是一样的。一个纯粹的道德学家无论他如何表达，只要人们的良心不是统一的，那么每个人对真理的理解就会不同，所以要达到理想的效果，就必须找到一个好的契合点。这就是为什么耶稣基督在传达他的教义时，把焦点放在大多数门徒的立场上。也就是说，如果他面对的受众不是加利利的渔夫，而换做了柏拉图和尼采一样的哲学家，那么他就会运用另外的方式来传道。

由此可见，有效的方法是，我们要先观察对方，在讲述任何事情时，都要以他的层次可以接受和理解的形式呈现。尽管这样，面对真理，我们依然要表示虔诚的感恩，滴水之恩涌泉相报。由于在这方面和其他的境遇相同，我们需要一个更加智慧而充满良知的领袖指引。

当然，当这个共同的焦点没有了存在的意义时，本能会担起主导的责任。然后，这些爱和信任会引导我们进入一个特殊领域，那里有一个迷人的海滩，人人坦诚相见，共同享有这温暖的阳光。一直以来，人类都像是被看管的重刑犯。他好像并不知道他有保持真我的权利。在意识的层面，没有感觉惭愧，心灵没有归咎，至少没有比身体感受强烈。没过多久，他好像被宣布无罪，并且释放，这让他感到解脱，他发现了自作聪明地隐藏的那一部分自己，正是最具力量的部分。他觉得心灵不再孤单，他发现的奥秘不会使自己无精打采，反倒使他更加爱所发现的这个秘密。

一旦我们揭露了自己的不堪、罪恶，甚至尖酸、刻薄，这一切的弱点就会有实质性的变化。最近有出戏剧，女主角所说："无论多么严重的过错，忠诚的一吻可以作为忏悔，这样会比无辜的人更加美丽。"我不确定会使人更美丽的，可是可以肯定的是，一定会更加富有活力、生动，而且更加充满爱意和诚意。

这种情形下，我们不能再次隐藏自己的想法和感情，无论它们是多么的卑鄙或粗俗。我们不会再因为自己的想法感到羞愧，面红耳赤，不承认它们曾经存在过，处于我们的大脑中，把它们从我们的意识身体中剥离开来，试图证明它们不属于自己，与我们的生活无关，不再处于我们自愿的方面，而是源于那些原始的、无形的、被奴役的个体方面。就是这位个体人让我们感觉娱乐，且在其中看到了本能是如何作用于我们自己的。当我们把自己放置于真诚之光的笼罩下时，会看到自私、无知、仇恨、虚荣、嫉妒，甚至不忠的行为就好像是一颗颗野草，生长在我们体内。真诚像烈火般逼退它们，燃尽残渣。它可以扼杀一切不公，把不平变为有趣的目标，使它无害，就像我们在实验室里看到的不被使用毒药。试想一下贪婪的夏洛克，看到了自己的弱点，是否还会贪婪，也许会改变一种形态，不再会伤害他人，也不会如此的面目狰狞。

事实上，没有必要把所有的过错都一一纠正，有些过错或者小的毛病，是我们品格中不可或缺或不能改变的。往往我们的缺点会成就一些好的品质。可是，面对这些瑕疵和弱点的了解与认识如同化学试验般被转化为恶意，成为沉淀在心底的一块儿盐巴，在茶余饭后，我们也许可以研讨一下它的无辜成分，可以如何被利用。

三

　　勇敢而坦诚地承认错误，这种单纯的力量来自两个方面：认错人的品质和接受者的品质。当然他们之间一旦达成共识，保持了平衡，那么这次坦白就会是成功的，随之而来的便是幸福和快乐。一旦坦白了错误，当然会有新旧谎言，再严重的错误也会变得无足轻重，也会是个美丽的妆点，像公园里的美丽雕塑，见证了这个美好的日子。

　　我们都希望可以得到这样的真诚，以及带来的幸福感。但是我们还是很担心，万一我们诉说了我们自己都很难面对的事实，那么倾听者不能接受的话，会失去曾经的爱和关心。就好像我们袒露了缺点或者过错，就变成了永远不能擦掉的污点。如果这样的事情真的发生了，只能证明一个道理：在爱的范围和程度上，我们没有达成一致。如果由于我们的坦诚认错，没有得到对方的谅解和更加深刻的爱，这就是彼此互相的爱存在隔阂与差异。坦白地说，认错的这个行为会让人感到羞愧，但是我们这样做了，就证明我们已经通过忏悔战胜了曾经的错误。如果对方不能理解到这一点，那就是没有和我们在爱上达到一个程度。在我们曾经犯错的角度上，那已经不是我们了，而是另外一个陌生的人。在我们坦白的一刻，这个错误已经不复存在，被我们自身消除了。也就是说，它不再是一个错误，不会伤害或者损害到任何人，那么为什么不去坦白它呢？它与我们的现实生活没有丝毫的联系了。我们作为一个见证人，不需要对它再承担任何的责任，就好比鲜花不需要对烂泥负任何责任。那么好像镜子反射的人影是丑陋的，但是这不是镜子的错误。

四

在绝对的真诚的面前,我们不需要惶恐和不安,不要去害怕这样相爱的两位个体在彼此透明后会对阴影和谜团般的背景有所破坏。爱情的持久性中一定存在了阴影和谜团,绝对的真诚也不会破坏那伟大的爱河,使之干涸。沉浸在热恋中的人们,会满足彼此想要了解的欲望。他们只是想通过这种形式得到更多的爱和关切。那么当时的阴影和谜团就会随之改变形态,不是永恒不变的。它的价值只是为短暂的爱制造了无限扩大的错觉而已。没有了这道背景,最终显露出真正的地平线,获得属于彼此的碧水蓝天。很快我们发觉,直到现在我们从那伟大的无名之湖获得了几滴苦恼之水;真诚会化解一切,它会敞开心扉去接纳所有,爱一切的事物,还有那治愈的泉水,因为相爱的两个人,比起外表、缄默或者谎言,真诚是无可替代的,它更加深厚,不可摧毁。

五

最终,我们发现真诚是不会被耗尽的,我们也不能达到它的极限。也就是我们希望和相信绝对的真诚的同时,一定有相对的真诚的存在。真诚是在一定范围内体现的,那么这个范围就是我们的良心,同时,我们的良心每天都会有所改变,导致真诚的范围也随之改变。由此可见,当我们认错的那个时刻,我们所呈现出来的行为的意义,在今天再去看,已经有所不同了。反之亦然。也就是说,今天我们没有发现的,但是存在的错误行为、思想或者感情,明天也许变得更加严重,当我们发现时,已经超过了今天所能忏悔的程度。

女性的肖像

……他说，这位女士的慧智兰心犹如华美底座上的一颗宝石。

——拉布吕耶尔

一

"她太美了，"他说，"就连时光也愿意为她的美放慢脚步，停滞不前。时光匆匆流逝，她的美丝毫没有褪色，更多了一分端庄肃穆，使我们觉得她更加富有魅力，虽不见年少时的悸动和弱不禁风，却也优雅大方。她的身体曾发誓会永驻青春活力，直到迟暮之际变作一声叹息，皱纹并不能让她失色，而让她更加彰显高贵，没有原因的，我们都相信她的身体一定会遵守诺言。智慧的光芒永远笼罩着她，随着心灵而提升，心灵加快了更迭，抵不住岁月的风霜，也没有胆量代替一支花朵或是打扰爱所驻足的线条。

二

"她不仅是一位坚强果断的好友,一个平等的伙伴,也是最为亲密无间,有着深厚感情的人生伴侣。她知道如何汇集全身无暇美丽的星光。在她的爱人心中,那是永恒之光,永远不会消失减弱。友谊里如果缺少爱情,就像爱情中没有友谊一样,会是不完美的幸福,会使人在得到快乐的同时,又觉得有些许遗憾,在生命中最美丽的两座山峰中却没有找到圆满的幸福。因此人们总是宽慰自己:人类是贪婪的,从不可能得到满足。

三

"在她的高峰周边都是理智在环绕,低调的戒备,没有闪耀的光芒,却是优雅的气息。曾经我认为理智是冰冷无情的,知道看到她的眉间萦绕着理智的气息,瞬时改变了想法。这理智像圣殿里的明灯,被一个天真无邪的孩子举起,照亮黑暗中的一切,锐利的光芒伤不到任何人,却温暖了所有人的心。它好像对一切都在微笑,似乎使周围一切都变得更加动人。

"她拥有一颗善良而平静的心,只是我们听不到它急迫的跳动,她自己也没有丝毫察觉。她做任何事都是全力以赴的,举止端庄有礼,即使是去抵制不公平的行为,她也是平和的姿态,好像是低头欣赏路边的花。她的一颦一笑,率真、活泼,还有那喜悦的泪都在掩饰着内心的纠结,她所有的一切都发自内在的美丽。她本能的一切都变得天真、无邪。女人的一切激情在她身上都没有被禁止和消失。她将温柔的、无害的、伟大的和危险的激情全部保留,调制成只有爱情才有的浓香气味。激情并不是囚犯,不需要被禁足,它生活在一个魅惑的花园中,并不想离开,同样厌烦了去伤害他人,而为了达到内部平衡,较薄弱的一方必须更加活跃,才能追上强大的一方。

四

"作为女人,她同样拥有女性感性的所有弱点,却把它们转化成自己的装饰。由于终身的偏爱,她的美几乎是完美的,不需要任何缺陷的衬托,她拥有并非最初的美,而是涵盖了一切美德。也许只有虚幻的童话里才有这样的美德吧!除此之外何处寻找? 美德是自然的提升,不是贬低自我后的邪恶。好品质只是自爱自怜的缺陷而已。

"如果摒弃了野心和骄傲,她又要如何保有一份斗志呢? 如果摒弃了适度私心,要如何面对生活中的不公? 如果从不多情,又要怎样释放她的柔情万种? 如果没有怯懦的一面,又如何保持一颗善良的心? 如果从不愿信任他人,又怎能会被他人相信? 如果把镜子扔掉不再去看,那如何打扮自己,使人一见倾心? 如果放弃了所有虚荣和稚趣,怎么留住女人独有的魅力? 如果从不知吝啬小气,怎么会慷慨大方? 如果不是有着固执的脾气,怎么会维护公正? 如果不是偶然的感性,如何能勇敢刚强? 如果容不得丝毫瑕疵,苛刻无比,她就不会懂得奉献与牺牲。其实善与恶是相对存在的,是推动生命进步的两种力量。只是在不同立场,不同时间互换了名姓。左转,跌入自私丑恶的深渊,愚昧无知的化身;右转,登上智慧无私的巅峰,正义高尚的代言人。最终的善恶,只有历史可以见证,并不是两个表象。

五

"当我们欣赏一个男人的时候,更多关注的是他的为人处事;而看待女性的标准,则是希望她可以平静美丽得像美术馆里的艺术品。在我看来那并不美:冷漠、懒惰、伪善、消极。她的单纯来自对周遭没有感触;她的善良也是由于根本没有损害力;她不是公正而是无立场;她的耐力只因她从无活泼过;她的宽容几乎没有意义,没人会骚扰;她仁慈是别无选择;忠诚、温柔、顺从,一切的一切在她身上所具有的,在一具死人身上同样可以找到,因为这些美德根本没有存在于一个生命体中。那么,假如现在她拥有了生命,走出她的城堡,走入了真实的社会中,周围的一切陌生而残忍,会是如何的情况呢?她依然坚持曾经的爱情,即使已经知道是个错误;抑或继续忠诚一个不仁不义的主人,难道我们会称其为"美德"吗?不曾伤害就是善良,不曾说谎就是真诚吗?道德观像一条河流,有人坚持只在堤坝上观望,有人却要逆流而上,这是两类不同的人,他们的道德观则是截然相反。理论上的道德和实际中的道德,黑暗中的道德和光明中的道德,皆是如此。前者可以比作是凹形的美德,后者则是凸形的美德,如果把两者拉平,你会发现虽然体积和线条没有变化,可是它必须提升,凸显自己,价值完全变化了。如果我们把一些纯粹的美德放入到现实残酷的生活中,会变成什么样呢?忍让会变成软弱,温柔则成为奴性,柔顺变为漠不关心,自信则是自大,不计个人得失就是懒惰,顺从变成纵容,奉献就是愚蠢,自我牺牲变成胆小怕事。所以如果希望种善因得善果,就必须有其他质量的支持,比如:力量、坚定、顽强、谨慎以及义愤,它们必须要配合默契。比如,真正的真诚就要在小心谨慎的保护下行动,防止上当受骗,成为别人的利用工具。一直闭塞地保护，不了解现实的贞洁，当然可以变成激情，但是命运就会随之改变。无论是怎样形态的美德，都会面临这样的问题。也就是说，我们的生活中，是积极地对待，还是消极地待命，那个更适合呢？参与一些男性的行为处事，还是要保持自我？是要接受大多数人的道德标准，还是依照自己的意愿、性格、爱好，随心所欲地做自己？积极和消极的美德哪一种会引领我们，指引正确的未来？我个人认为，积极的美德是以消极的美德作为基础的，但是不可以翻转而行。由此可见，前面提及的那位女士乐于助人和无私奉献，因为她拥有非同寻常的能力可以抵挡一切必然性。她从不会使悲伤和痛苦掌控自己，更不会为消极的情绪赎罪，在她身上从不会发生。为了她爱的人，她会勇敢地面对并且研究心中小小的痛苦和麻烦，也许是一般人无法承受的巨大伤痛，之后微笑接受，独自承受。我经常会惊诧于她面对不公平的指责时的态度，她没有痛哭流涕，而是面带笑容，她的笑容充满光彩和无限的力量。通常她都可以有足够的理由去反驳那些蔑视自己的男人，可是她没有，她相信所有的正直和诚实，都必然会经受伤害的考验。男人们总是犯错，后被原谅宽容，可是他们却一次一次地浪费了这伟大的宽容。她这样的做法，比那些哭哭啼啼诉说委屈的行为，更加证明了爱情的力量。

六

"所有的女人，都会像伊菲琴尼亚，还有安提戈涅那样，只要环境许可，她不会任由命运安排，摧残她们的生命，就在最后一刻，会看到那种一直隐形，却神奇无比的力量。她真正地了解了这种力量，知道它对世界的影响，也许只有在退无可退，或者不能抗力的情况下，她不会使用这种力量，而是会选择另外的方法，去达到内心所指的方向。无论如何，她都没有向不忠诚的忧伤低头，一直坚定地奉献和付出。一直到最后，她都是保持清醒，不被弱点占上风，自信满满地寻找突破。和那些弱者一样，她同样拥有清澈和柔情万种的泪滴，可是从没让泪水模糊眼底，对于她来说，眼泪是火焰，可以点燃激情和拯救，永不熄灭。"

七

他又补充道："就像你请求的，我再尽量详细地讲述阿尔特米斯，我会给她所有美好的特征。设想你们心中梦想的或者曾经见过的最完美的对象，她要么绝对的令人厌恶，要么绝对的完美无限。在消极的美德之外，我们没有任何共识。从绘画的层面看，这可能是没有办法欣赏的特点吧。我们现在可以随便地列举一些：听天由命、放弃本有的权利、谦虚、克己、付出、奉献、天真、诚实——这都是敏感而安静的女人常有的特点，她们总是小心翼翼地躲在黑暗中。人们的目光总是习惯于停留在那些熟悉的色彩上，而经过时间的冲刷，这些颜色早已不再鲜艳；这最终会是一幅充满哀怨的作品。它时刻告诉我们不要曲解任何美德，真正自由的美德才会更加神采奕奕。然而，那些貌似充满自信、狂妄自大、重视胜负的人，面容永远都是狰狞龌龊的。蓬乱的头发，褶皱的衣衫，一无是处，这些都是那些人的特点，他们爱怀疑，而且苛刻、固执，真是令人厌烦透顶。女人们在这样的阴影里委曲求全，卑躬屈膝，生活得太久了，以至于我们根本看不到她们曾经的美德。她在目光中树立起形象，这就是很危险的行为。然而，当我们在绘制这幅肖像时，一定是我们心中曾经已经有的形象的模糊投影。而更准确的形象，无非也是一个生动、美丽的肖像而已。她的存在就像被我们心中的相机所捕捉到,落在了胶卷上。你一定拍了很多张,可以把第一张和最近的一张进行比较,无论拍摄多么精确,制作精良,都无非是多多少少和她本来的形象有相似的影像而已。而她的真实面目和个性,她的美德和瑕疵中的正与负,都只能在两个生命的直接交汇的阴暗中显现明了。这种自我剖析的奥秘不能被识破,而正面的能量和负面的缺点也不能使它增减,而会解释它的性质所在。此时,我们会发现,我们的双眼告诉我们的内心,面对的这个人,还有更大的潜力。事实上,这种可见的可能性,也正是我们内心期望的,或者恰恰相反,是我们最怕面对的。

八

"如果真的有一种神秘力量可以赋予我们生命,也可以决定某人是好是坏,应该做好事还是做坏事,而且它可以控制我们的友谊和爱情,但是它绝对不能控制我们本能的同情心。在第一次见面,你就会发现这种神秘的力量;有时候也要通过时间来考验和提炼。它几乎和个人的表象和思想是完全不符的,而个人也不能代表这种力量,他只是力量的载体,负责解释到外界,力量显示到本身就是它的唯一方法。所以,有时候我们在忙碌的生活和工作中,总会遇到一些伤害我们的朋友和同事,他们不被尊重和信任,但是我们并没有鄙视他们,因为他们让自己办成这个样子,他们理应得到相应的对待。许多因素都将我们和他们划分开来,几乎贬低了他们的形象,但是,我们没有在乎任何实验和理智的判断,却对一些什么的结论保有坚定的执著。这种执著证明了:某些人很可能拥有给我们带来灾难的潜质,但是在普遍和永恒的角度看,他们并不是我们的敌人。我们的世界由有形和无形的现象组成,在形成和维持身心平衡、使我们可以处于正常的不同情感气氛中,在我们的生命摇摆不定的最敏感的媒介中,都没有发现同情与方案的正确理解。实际上,当我们感到幸福,拥有了友谊和爱情时,其实是有一种不可忽视的力量在作用。这种力量,不取决于年龄、性别,无关于美丑,在外表和性的诱惑力、智慧和个性上,它是独立存在的。它原本是承载了亲和力与吸引力的一个有益无害的环境。如果没有了这种力量,没有了包容的环境,就会有很多误会的产生,导致悲伤、绝望,最终使曾经相互友爱、相互理解、相互包容的两个人分道扬镳。我们给这种不了解的力量起了很多抽象的名称:灵魂、直觉、无意识或者潜意识,甚至'神'。这种力量也许来自我们自身也是不无可能的,这个未知的力量让我们和未解除的一切都产生联系,也同过去、未来的时空里的一切产生联系。"

橄榄叶

一

历史中总有一些时代是对人类发展起着至关重要的作用，而我们就生活在这样一个时代中。我们曾羡慕那些生在伟大年代的人，就好像也许后代会羡慕我们现在正在见证这伟大历史进程的转折点一般，即使我们全然没有感觉自己的幸运。我羡慕那些生于培里克力斯时期的人，他们经历了意大利的文艺复兴，罗马帝国最为辉煌的日子。那段伟大的日子像闪电一样在人们心中形成光柱，却也使人裹足不前，这记忆中的璀璨如屏障般围拢在前进的道路上，眼前看不到方向，迷茫的人们再也没有思考的本能。

从这个层次看，的确使人担心。在这几个世纪，我们平日似乎生活在一张网里，顺利进展，并没有任何改变。善良与邪恶充斥在网络绵绵，而内部的黑暗或者光明，反映的则是当下时代的代表思想。而这种思想却一直走着下坡路，无论它的形态是否有变化，最后只会是另一个宇宙思想罢了。有些主题恒久存在于大众思想中，比如：宗教、空间科学、未来科学和经济学，它们从未改变，你可以发现，无论生活的贫困或者富裕，其实对于人类整体的兴衰发展没有任何影响。所以只有在思想方面入手，才能知道人类是否快乐，是否生活在光明下，而非痛苦地生活在黑暗中，单一解决战争或者纷争是远远不够的。我们从中发掘，那些经历了漫长岁月考验的民族留给人类无限的瑰宝，而另外一些表面富足优越的民族，却只会让人看到阴森、黑暗纷乱的历史。

二

现在只谈谈，三四百年前，宗教再不是人类社会的主题，进入了现代文明时代，曾经已经觉得迷茫的我们，在黑暗而危险的现实中，人类生命仍旧是最坚强的。在这个时期，艺术形式如雨后春笋纷繁起来，还有形而上学，打乱了人类已经削弱的宗教信仰，几乎被人们遗忘。只有在一些巨大的事件引起震动时，人们才会想起它们依然存在。而且是普遍存在，它可以使环境和风景色彩一致，可以反映人类生活的一种状态，那就是应该耐心对待生活中的问题，尤其是一些紧要的问题，更需要冷静。

现今，这样的时代已经渐行渐远，慢慢淡出了生活。那是什么会代替它进入人类的生活？又以什么形式出现，又会重新赋予怎样的意义？

貌似有一根可以自我旋转的轴，虽然不合理，但是人们荒谬地曾以它为中心，有一天它突然断成两截。这时候，人类手足无措，轴心晃动，生活几乎崩塌，之后会恢复平衡，新的真正的轴心出现。这个过程中，除了一些我们自己都已经记不得，无关紧要的话之外，什么都是原来的模样。曾经我们的精神文明作为世界的轴心，而现在转换为纯粹的物质文明替代。人类本认为在自己无知的国度已经胜利地完成了一次创举。实质上，那不过是一次在我们自以为是的无知国度中小小变革，不过是文字名称的转换，"精神"和"物质"都具有相同的未知事物，它们的属性可以随时互换。

三

那么说，有些名称只是个代号，用于口头称呼，并不能体现物质的本质，也就是说，用什么名字去称呼都不能明确地表明现实涵义。简单的例子："太平洋"和"大西洋"只是单纯的两个名字，用来区别两个海域，而两片海的实质没有任何区分。然而人类很喜欢给事物订立称谓，所以导致这些简单名称对我们的道德、幸福和快乐都产生了重大影响。愚蠢的我们一直被这种假象引领，却对近在咫尺的真相置之不理，犹如在寒冷的冬季，放弃了篝火，而守着只会冒烟的枯木。这些假象很容易被我们物化，存在于人类的头脑和生活中。当我们认为主宰宇宙的是精神时，就会把所有的精力和期望都放在精神本质的探索上，会表现在言辞和想象力上，神学和形而上学占了主导。如果我们认为物质本质可以有助于解开宇宙之谜，就会完全相信科学，全身心投入到无期的科学研究中。最后我们发掘，其实唯物和唯心两个名称是对立统一的，它们体现了一个事实：我们无法定义真正的真理的实质。它们只区分了两种对立的道德观点，仅此而已。

四

让我们先把那些不重要的后果放在一边不考虑。唯心主义对人类发展最大的发展是确立了一定的目标,设定了某种层次的伦理,赋予某些意义,这些都不是本身存在的,而是幻想的产物。不太相信唯心论的人,在对其思想研讨后,也有所收获,也相信有种胜利是不能被伟大的物质和思想所推测的,人类仍是无能为力。

当然存在对立的假设,它对提高人类的思想,确立更高的道德标准,超越已有的目标水平,都没有任何帮助,它能贡献的只是虚空的物质。通过无数次的试验和论证,如果可以得出一种唯一的理论,产生了伟大壮观的征服科学的人。正如可怕而又怪异的进化论,虽然它现在没有引起普遍影响,但已经表现出了必然的后果,激发人类灵敏的行为,一切伦理被改变,它的主要观点是由物竞天择,适者生存组成,为了达成目的不择手段,一旦这种道德观被利用或发挥,会对人类发展具有致命性危害。其实很多力图介入人类热情中的思想目的都是如此,无论是宗教、哲学、神学,还是圣哲的教导。若人类思想的整个环境是纯净无邪的,那么很多也许构成人类毁灭的因素会被消灭。现在需要一种信仰,它可以反映真正意义上的公正,上帝赐予人类一个智慧标准可以惩恶扬善。人类的心中永远有一块圣地是留给善良、正义和慈悲的。

绝无仅有的生存环境,却经常让我们近乎疯狂,难道保持原有的自然平和就这么难吗?不管怎么说,现在的生活状态展现了无法想象却应被重视的现象。貌似滴入一滴试剂,它便会沸腾开来,之后沉淀,使人怯怯生畏。宗教曾经蕴藏在它内部的隐性因素开始产生反应,蒸腾到空中,转化成泥浆坠落回地面。这整个消亡的过程中,被宗教因素所氧化的人类解毒剂,仍充分发挥了极大的作用,努力使其中的配比标准化。一种难以琢磨的命运在推动人类进程,有益的神秘力量来临前,解毒剂填充了所有已被蒸发的空缺。

五

　　这种状况的出现真是使人万分惊讶！宗教再没有曾经那么辉煌的影响，人们不再觉得怜悯是种本能，信仰的薄弱，善举开始产生争议。而也许你会更加奇怪，人们的正义感和善良并没有减弱，反倒有增长的趋势。为避免人们的质疑，这里我们可以进行更好的说明。为了使说明更加容易理解，对历史的回顾是必要的程序。近几百年，人们的生活与现代人生活中的幸福感和对正义的可望程度，有着很大的区别。同样，在不同体制下的人们，生活的状态各不相同，曾经的奴隶、半奴隶、农民和劳动者的悲惨待遇，今天劳动者的工作环境，在统治者的层面也是有所改变的。曾经的高傲、不可一世、刻薄、养尊处优，而今的善心、焦虑、惶恐，这一切的改变都是需要严谨和长远的研讨。

　　在我看来，善良的人们一定会同意这个观点：我们希望无论现实多么的残酷，人间会充满更多的爱心、正义、善良，更鼓舞人心的是，我们发现事实也正是如此。

　　这是个极为不合乎常理的道德环境，而到底是什么宗教改变了它？又是什么思想的存在稳固了它？产生了怎样的新元素呢？我们没有一个肯定的答案。这种表现凸出的新元素还不是很稳定，由于太过新颖不好有明确的组织，所以很难被认定。

六

　　无论如何，我们还是可以找出蛛丝马迹。第一，有效地改变了我们对宇宙的观点，而且速度越来越快。有许多的科学成果都将一些重要事物混入人类未知的情景之中，无论这项发现是否影响了历史、地质研究、人类学、医学、物理学、天文学或者其他可以改变我们正生活的星球。这个改变后的情景好像就在我们的头顶上漂浮不定，慢慢地开始扩张它的势力，我们预感到，它好像要遮盖住一切。上空若隐若现着毫无联系的门廊、立柱、房顶和长廊，我们根本不知道它们从哪里来，又预示着什么。它们只是毫无目的地漂浮在天堂上。它好像是破碎的美梦被固定住一样，这时，一道短促的闪光划过长空，奇迹出现啦，那无关联的一切都连成了一片，透过云雾，一个伟岸雄伟的建筑赫然矗立在夜空中。

我们的智慧一直处于黑暗中，就需要如此闪亮的一道光。它必定是普遍的，火热的，而又是决定性的。我已经感知到它的出现，就在那片昏暗中，等待着我们去点燃它，只要一点微不足道的火热就可以燃起它那微弱的火花，照亮我们智慧的夜空。我不确定哪类科学可以完成这一使命，也不知道哪门科学足以使人类确定自己的预感是否正确，而又要用什么样的科学去解答未知的空间内，那些根深蒂固的观念能否永远正确。

七

各种宗教思想接连土崩瓦解，这未知的空间不再是人类无知的住所，而变得空虚冷漠。就在现在，它的内部正被一个巨大而神秘的形体逐步侵占。人类的想象是可以无限拉伸扩展的，所以当一种新的形态出现时，它的活动空间必定会正比无限扩张。毋庸置疑，各个宗教中的神都是神通广大，知晓万物的。比如，犹太教和基督教崇拜的伟大的上帝，他是无法被超越和掌控的，任何事物都无法容纳他，他是永恒不变的。他永远都不会被琢磨清楚，他的能量也无法预知，无限估量。无限是一个抽象的词，很难被理解，就是我们的思维可以无止境地被展开，它存在其中，发扬光大。这是个无形的空间概念。

想察觉这个空间的真实存在，必须要借助一些实质的现象去投射出来，这些现象离我们的想象还是有一定差距的。你可以把这个空间设定为一个层面，专属于未知领域向我们发出的可知事物的信号。未知事物表面的多样性，由有形表现出来并发挥效力，向人类展示其深度。往往它只有表现出生机还有运动，并且有助于解释更宽广的空间的问题，使人类更多地了解未知的事物，才会被人类更多地感知和理解。人类用尽全力地把生活融入无限中，却碰到了更多来自无限的困难，我们不得不面临自己的无知，它就像脱不去的衣服，只有透过它我们才能感知无限的真实。

崇拜神明的人们口中的"虚无"就是大自然。大自然接二连三地向我们抛出问题，而神的面前我们却不用面对这些。神明似乎愿意去统治无思想甚至生命的区域，一片虚无，没有任何可以激起人类思考的东西，它们在不断地向人类施加永恒不变的思想和精神控制。

所以，我们对有限的理解，仅仅是一切无上荣耀的行为的源泉，而这个概念在人类心中正在变得越来越无关紧要。如果要完成最高尚的任务，使我们的理智可以发挥得更加全面，人类思想足以控制自己的精神，就要通过未知事物接连不断地兴起新的风波，我们不得不清醒企盼。人类的思想很容易变懒惰，随之萎缩、退化和消亡，必须每天有新的事件刺激它，使它为之运转和殚精竭虑，而神明的世界中并没有这些新生的事物。

新生事物中单单有一种事物在其内部和我们整体的思维模式中频繁运动，那就是我们想要解释自身之谜的积极思考。我可以确定，现在这一思想的活跃性远远超过了其他时期。曾经兴盛的印度教、犹太教、基督教时期，抑或展现人类全部智慧的希腊和德国哲学时期，宇宙直到现在才为我们送来了诸多意外，更加神秘，活力四射，我们在其中可以发现生机勃勃、充满色彩和宽广无边的现象。我可以负责地说，没有一种外在事物可以为这个现象提供营养，虚幻中的它们，不断咬嚼着自己，反复利用吸收自身的能量。如今，我们的观念已经开始填充些许宇宙的观点。我们开始从外界取得养料，来完善自我思想的提升和本质的提升。不再一味向外显现自身的伟大，而是用吸收来的更先进卓越的思想代替了原本存在的。一直以来，我们依靠和利用无根据的逻辑和不可靠的想象力，去靠近谜题的答案，却从未找到。

在与这个谜题的零距离接触后，我们试图对它提出的更多问题作出回应，这个过程是要付出很大努力的，同时，我们也开始向它提问并索取答案，在匆忙的黑暗旅途中为人类照亮前方。我们曾经是屋内的盲人，只靠想象力描绘屋外的景致，而现在，有一个沉默不语的向导把我们引领到外面的世界。我们虽然眼前一片黑暗，却开始点燃希望，走入森林时，我们胆怯地伸出双手触摸树枝；平原上的花草与玉米穗对于我们也不再陌生；我们也可以登上陡峭的山崖赞美它的奇丽；我们也可以与大海融为一体，感受清凉。阳光与阴影不只可以用双眼感知，我们的耳朵也学会如何分辨风花雪月的一切。似乎可以听见它们的歌唱，虽不能理解其中的真正含义，却也能猜出几分。

八

若上边所说的一切都可实现，我的道德会提升到宇宙观，那么幸福也会是与其关联的。可想而知，曾经依靠自然界来维持的道德已经消亡，取而代之的是伟大的宇宙观为后盾的道德。若是在无限而且没有伦理的宇宙中生存，会比在其他形式的宇宙中要显得更加先进和高尚。因为后者会让人们感到乏味，近乎完美的思想也使自己在一种限制中。我们需要的是足够提供人类无限想象和扩展无限情感的空间，它就是我们勾画的宇宙。生活在自己构造的世界里，而行为的初衷有时候根本不被自身察觉，一切的开始与接受都是源于这个宇宙。一种巨大而神秘的力量就隐藏在人类善恶道德的最高点，它的深度和宽度导致了我们的行为模式和道德水平。

九

从没有比这更大的权利和地位与广阔的空间。对于人为设定的无限权利归于政府，现在看来根本不够权威；起初的想法和目标都是相对理智和高尚的，再没有不公正的统治、迂腐的道德规范，也就不存在那些没用的安慰、诺言和些许不符实际的希望。它没有任何虚华的修饰，只有最本质的东西才能保留在内，一定是荒凉空旷的。只有在彰显自己的无限时，才会有所暴露，其他时候都是安静的，我们能得到的信息少得可怜。这是种专横跋扈和不容置疑的无限，最为突出的属性是活力四射，最高贵的地位和善于雄辩，而它的美德近乎完美，只可以用来赞美那些未知的事物。它从不分配给我们责任，更令我们维持一种良好的状态，我们自发地去努力、奋斗，付出辛劳为达成未来的职责。现在，它把我们置于宇宙的一个部分，人类平日的生活里一部分都被自私和物质占据，这些东西现在都被取出，空白连同精神一起被填充满。我们开始发现自己的渺小无知，只占据宇宙中小小的位置，这样的意识使人类越发伟大无私。一个新生命健康成长，他的无私使其更加靠近终极真理，一种新的观念产生并确立，人类在此过程中浴火重生，新人类不断成长。

十

对于永恒不变、浩瀚无边的宇宙来说，一种新生命就像一颗尘埃，不被注意，微不足道。人类的亲朋好友，邻里街坊，还有那些被关注的对象，都屈尊让位给一个更加神秘、高贵的个体。我们虽然犹如沧海一粟，但在宇宙中仍保佑自己的席位，这就是我们被关注和识别的坐标所在。渺小的我们也由于是人类的一员，慢慢被注意，地位得到提升，我们的思想和潜意识已经被这种感觉所代替。我坚信它在蓄谋一次革命，效力堪比宗教革命，我们的道德观被重新塑造。它逐步将善与恶赶出人的中心思维，用大公无私的理想代替自私的个人希望，我们本知道是怎样的法则可以规范如此的要求。既是这样，我们也可以看到它将被普遍接受，而且比从前的理想更具决定性，比曾经地位高贵的理想更具影响力。不管怎样都要承认，这个伟大的理想最终的目标，会是在黑暗中引领我们走得更远更久，由于它和宇宙本质具有很多契合点，也更为可靠可信。

十一

我们正在最为关键的时刻，对从前的精华发扬，承接未知的伟大，人类的明天一定会更加辉煌。自从人类安居在地球，危险和困难接踵而来，最难的时期也许已经过去，可是依旧有新的问题出现，犹如突出重围，一关接着一关。海洋、陆地、岛屿组成了这个年轻的星球。星球的主人一直被关在坚硬的花岗岩中，地心之火脾气大到要冲破岩石；星球在宇宙的各色邻居间闲庭信步，好不急躁。我们体内就好像住着一个宇宙，很多未知的机能好像星球在以自己的轨迹运行着。大脑和各个神经网络的形成，标志着人类的诞生，一切都不可能阻止人类的发展。现今，虽然海洋和地心之火是不可控的，但是不足以引起大的恐慌；同时人们开始着手研究如何避免不同其他的星球相撞，时间并不紧张，经过推测至少有几个世纪的时间。曾经迷茫的人类，现在知道了何去何从后，不再无知可笑，宇宙的秘密终将会在我们面前展现。我们发现了一些天体的运行规律，把它叫做万有引力的定力。设想一下这种神奇的力量和光电一样简单，那么就可以被我们掌控并且利用。

由于极为单纯的原因，它也许是表现在精神层面上的，而这个原因常常会以另外一面示人。曾经令人费解的镭，就是这样被发现的。由此可以推断，每一种物质的发现，都可能为我们找到宇宙能源的中心而提供条件。人类的意志开始可以掌控地球，在逐渐衰落的太阳尚在时，改变原有的轨道，在无尽的星际中，探寻其他的力量和生命的所在。

十二

我知道这些理论并不完善，可是对于看上去无路可走的人类来说，它却显得合乎情理，而且也是许多选择中最符合事物规律的一个，到现在为止也没人能提出反证。过去的每分每秒都让我们有更大的机会理解并征服秘密。当然，你可以说，古代的希腊和罗马帝国，从美感和生命和谐的角度来看，比我们要强得多。这确实是个事实，但是那时文明在整个地球上的影响范围比起今天来实在是微不足道。那些伟大的古代文明，包括罗马文明、雅典文明或者希腊文明，最多只不过影响一个小小的岛屿，而外部却是危险重重，以至其最终被周围的野蛮之潮所淹没。现在，未开化的种族想在短期内让我们失去领土已经全无可能，他们不再来自外部，而是从我们生活的田野、城市、河流之中产生；他们一边想毁灭我们的文明，同时却又不知不觉地被文明所影响、所支配。所以，为了从文明中受益，他们可能放弃掠夺。即使他们坚持进行，最坏的情况也不过是文明的发展暂时停顿，精神财富暂时转移。

既然我们已经从两种理论中选择了其中一个，为我们的生存设定了明暗有致的环境，那么再对它有所怀疑就显得有些愚笨了。虽然在琐碎的日常生活中，我们的无知让我们处理事务时只有一种选择,而这种选择对人类并没有产生巨大的影响,但是,它让我们在已经发生和可能发生之间,在充满希望和满怀恐惧之间保持平衡,如果最终确实需要,它会将生命作为筹码。

换个角度来说,选择又可以说无关紧要:我们可以由此感受到自己光明的前途。因为我们生活的国度是如此美好,米开朗基罗将《圣经》中的义士像画在西克思图斯教堂的天花板上;我们的生活充满憧憬,虽然可能是最后的憧憬。坦白地说,憧憬的程度是不一样的,有的憧憬只是一种无知的服从,那些人并不憧憬自己所憧憬的目标渐渐接近时所激发的兴奋。而另一种憧憬是一种热烈到无以复加的生命状态,我仿佛能够听到那些动作:巨人的脚步声,庞大的门被打开,呼出的气息轻拂过我的身体,可能还有光透进来,这是真正开心的时代。犹如时光倒流,回到了无忧无虑的青春年代,更如同美好的童年。

我要再次重申自己的观点,没有更好的理由可以更让人期望,珍惜这些吧。先辈们只是因为一些微不足道的理由,就愿意付出这么大的努力,流传后世,记载下人类命运的史诗。即使没有一个合乎逻辑的理由,他们凭借自信,依然可以退而求其次。现在一切完美的条件都摆在面前,回想先辈们在艰苦条件下依然永不言弃,我们有什么理由去放弃?难道在理智面前还要怯懦吗?

即使人们曾经相信万能的上帝可以保护这个星球,庇护他的信徒,可是大部分人已经不再这么认为。因为我们发现了一种有规律的强大力量,它对一切都具有绝对的影响力。我们服从于这种力量,也更加期望可以探究出它的规律和目的。我们不再是胆怯的,恰恰相反,变得勇往直前。曾经奴役在神明下的人类,不再仰视他们的主人,而是平等看待。人类已经意识到,自己本身也是一个充满奥秘的伟大种群。